樂讀456 055

魔術專賣店 3

大逃脫

作者 凱特・依根
& 魔術師麥克・連
插圖 艾瑞克・懷特
譯者 謝靜雯

目錄

人物介紹

麥克·威斯

剛升上四年級，爸爸媽媽都在大學教書。最喜歡的遊戲是猜謎。考試時，有時會忍不住在教室中走來走去；或是上課常常會分心。與坎菲德老師有個祕密暗號，當麥克「不在軌道上」，或是不小心的犯錯時，就得離開教室，去找校長史考特小姐，因而成為校長室的常客。

諾拉·芬恩

麥克的新鄰居，也是新轉學過來的四年級學生。她是個天才女孩，學業、運動表現都一級棒，無時無刻都可以看到她拿著書閱讀。她最喜歡的遊戲是拼字遊戲，最喜歡的運動是足球。

傑克森・賈克柏

麥克的死對頭。身高160公分，比同年級的同學還高。是足球隊中的風雲人物，不管是友誼賽，或是練習時，總是追求勝利。

喬・哲林

曾經是魔術師，目前經營白兔商店，販售各種古董，也販賣魔術道具。有時會在白兔商店舉辦魔術大師講座，因此白兔商店成為業餘魔術師同好的聚會場所。

獻給露易莎、賽門跟法蘭奇

——凱特·依根

獻給我父母跟姊妹，你們是我的第一批觀眾。謝謝你們反覆配合我，再三觀賞我的魔術秀……

——麥克·連

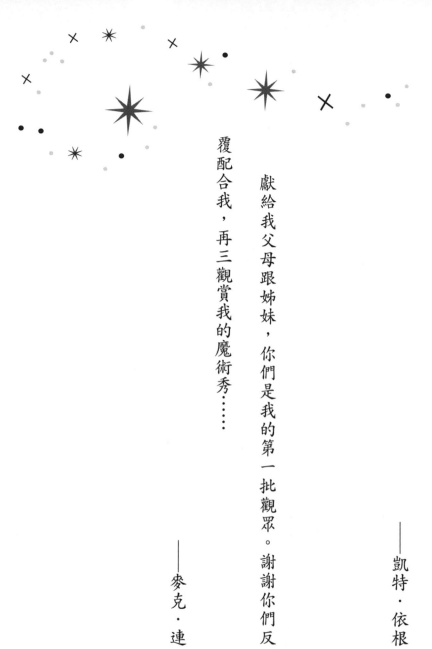

第一章

食物大戰

午餐時間結束了，坎菲德老師不大高興。

麥克·威斯班上的同學剛剛從學生餐廳走出來，把便當盒放進桶子裡，然後走回教室。有些小孩依然邊說邊笑，可是麥克可以感覺到空氣裡一陣寒意。通常，他們回教室的時候，坎菲德老師都會跟每個人打招呼，她會問問當天有什麼菜色，偶爾還會跟學生擊掌。可是今天她叉起手臂站在教室門口。

今天的午餐時間，坎菲德老師並未值勤站崗，可是她知道發生

了什麼事。麥克不需要魔法就知道了。

孩子們拉開椅子，在座位上坐好下。他們注意到坎菲德老師眼神裡有怒氣，整間教室突然變得鴉雀無聲。

平常坎菲德老師會發下考卷，準備做算數；或是她會拍拍手，要大家收心。

今天她卻只是看著大家，等大家自己定下心來。

坎菲德老師終於開口了，聲音很低沉：「同學們，我們必須談談在學生餐廳裡什麼行為才恰當。我不得不說，我有點失望。我們真的需要再複習一次基本規定嗎？你們已經四年級了，我以為你們已經更懂事了。」

沒人敢動，也沒人開口，連麥克也不發一語。

「誰可以告訴我，剛才發生什麼事了？」坎菲德老師用奇怪的聲調說。

艾蜜莉舉起手，「有人發動食物大戰。」

其他孩子立刻插嘴。

「那才不是食物大戰！」奧斯卡說。

「對嘛！」蕾西幫腔，「有人亂丟食物，然後起了衝突，可是跟食物大戰不一樣……」

現在，大家議論紛紛。麥克用手指敲著自己的膝蓋。他不想惹禍上身，可是也不喜歡別人惹上麻煩。他總是為了闖禍的小孩感到

難過，他很清楚闖禍後是什麼感覺。

坎菲德老師舉起手，「等等。」她說，語氣依舊很平靜，可是感覺彷彿是用吼的。「這樣不行，請你們拿出紙跟筆。我希望每個人寫封信給我，講講你們在學生餐廳裡看到什麼。」

每個人都默默拿出自己的文具。

麥克在午餐時間看到什麼了？他看到他的花生醬果醬三明治，他剝開兩邊，一次吃掉一邊，還看到他新朋友亞當的臉，亞當就坐他對面。然後，有一匙鮪魚被用力砸向牆壁，站在旁邊的孩子尖叫一聲。

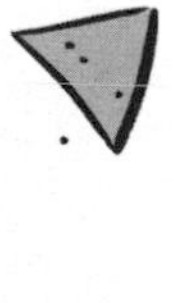

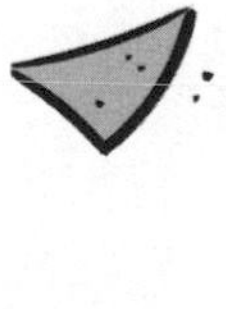

接著有些人衝過來，擋住了他的視線，他沒看到接下來發生的事情。

麥克並未參與其中。

他咬掉鉛筆末端的橡皮擦，在桌面上推來推去。食物大戰？他想。真的假的？誰會做這種事啊？

他拿起橡皮擦，當成口香糖一樣嚼了嚼。

也許傑克森·賈克柏就會吧，或是諾拉班上那對雙胞胎泰勒和切斯——他們就是麻煩精。他不確定自己該不該指名道姓。

麥克從紙上抬起頭來，視線在教室裡跳動。會是其他人做的嗎？

他對上好幾雙眼睛，他們也想弄清楚闖禍的是誰。問題是，他們全都看著他——每個人都認為是麥克。

他垂下腦袋，振筆疾書。要不然還能怎麼辦？

他用力放下鉛筆。現在有更多人在看他了，他對他們拉長了臉，用眼神說：「不是我好嗎？」

接著馬隆先生來了，敲著教室門上的窗戶。

數學輔導不是麥克上學日的亮點，可是現在，他巴不得趕快過去。他路過坎菲德老師的辦公桌時，臉漲成亮紅色。

這陣子以來，麥克在學校的表現改善不少，學魔術對他學習其他東西也有幫助。就像麥克如果再三練習同一個戲法，就能達到自動反應的境界，他發現原來練習拼字也是這樣的。

對於遵守校規，他甚至也有些進步，不過，顯然沒人注意到。其他孩子依然以為他是從前的那個麥克，總是被送到校

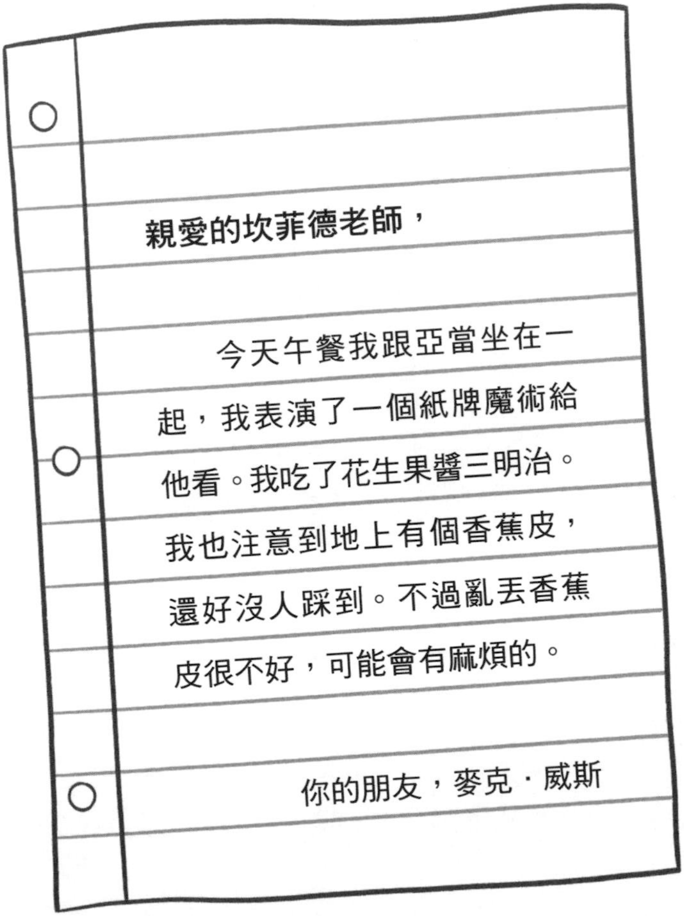

親愛的坎菲德老師，
今天午餐我跟亞當坐在一起，我表演了一個紙牌魔術給他看。我吃了花生果醬三明治。我也注意到地上有個香蕉皮，還好沒人踩到。不過亂丟香蕉皮很不好，可能會有麻煩的。
你的朋友，麥克・威斯

長室的那個。他們還以為他也是麻煩精。

今天馬隆先生一坐上椅子，就搓著雙手，彷彿很冷似的。「我想我們這一次來試點稍微不同的東西吧。」他說。

麥克癱在椅子裡。「要開始學分數了嗎？」他問。班上其他人幾乎快上完分數的那一章了。

馬隆先生誇張的用手掃過眼前那些試卷。「我們來試點……數學魔術吧。」他提議。

麥克也許是第一次向他綻放笑容。頭髮漸禿、身材削瘦的老馬隆先生，穿著看起來像塑膠的黃色襯衫……他什麼時候人變得這麼好了？

他彷彿知道麥克今天下午一開始就過得很不好，試著想逗麥克開心似的，也努力要跟麥克建立情感的連結。

「挑一個數字吧，」數學輔導老師說，「一個三位數，每一位數的數字都必須不一樣，不能選0。」

「嗯……好，」麥克說，「216？」

「太好了，」馬隆先生說，「接著，把數字反序倒轉過來，以大的數字減小的。」

「612減216……」麥克說，「我可以用計算機嗎？」馬隆先生卻遞了計算紙過來。

麥克把數字寫下來，試著回憶、重組，最後得到答案。「612減216等於396？」他沒把握的說。

「沒錯！」馬隆先生說，「現在也把這個數字反序倒轉過來。」

「693？」麥克問。魔法在哪裡啊？他納悶。

馬隆先生點點頭。「把這個數字跟你倒轉以前的數字加起來。」他又把計算紙推回給麥克。

「369加693等於……」麥克說，把算式寫出來。

馬隆先生打斷他的話，「別告訴我！」他閉上雙眼，停頓一下，深吸一口氣。「是不是1089啊？」

「對。」麥克驚訝的說。該負責練習算數的不是他嗎？

馬隆先生猛的張開眼睛。「我們再試一次。」他說。

於是麥克隨意再挑個數字。「542好了。」他說。

「倒序後，互減看看。」馬隆先生敦促。

麥可振筆寫在計算紙上。「542減掉245等於……

297。」

「現在再把這個數字顛倒過來，跟顛倒以前的數字加在一起。」

馬隆先生再次閉上雙眼，麥克卻說：「不要啦，這次讓我來算。」

他把算式寫出來，297加792等於……1089。

又是這樣！

「嘿，跟上一次的答案一樣耶！」麥克說。

馬隆先生咳嗽了一下，噢，天啊……他現在笑得樂不可支！

「答案永遠是1089，」他跟麥克說，「每、一、次、都、是。」

麥克並不覺得好笑，可是覺得還滿酷的。他又用了一堆數字來試算，真的都是一樣的結果。

「看吧？」輔導老師說，「我就知道，如果把數學變有趣，你就做得到。」

「魔法的確會讓數學變得有趣。」麥克附和，甚至記得要道謝。

麥克不是一直都能趕得上班上的上課進度，而且有時候會惹麻煩，不過，他從來就不是故意的。他只是會犯很多錯，但他依然是個好孩子，甚至可以當個好學生。如果馬隆先生可以理解，為什麼其他人不懂？

不管其他人怎麼想，麥克永遠都不可能主動挑起戰端，或是往牆壁上丟鮪魚。

要是他知道可以用來翻轉自己名聲的魔術戲法就好了。

第二章

這是胡迪尼的帽子？

麥克把腳踏車鎖在白兔商店外的老地方，將鑰匙放進口袋之後，他看了看手錶，十一分鐘，目前最佳紀錄。他每次到魔術專賣店的速度都比前一次快一點。

到了冬天該怎麼辦呢？麥克相當擔心。到時候他可沒辦法騎腳踏車穿越雪地，也沒有其他辦法可以自己過來。當初說服爸媽讓他單獨騎腳踏車進市區，就已經夠困難的了。

不過至少現在他能自由來白兔。只要放學後，他爸媽在家——

而且諾拉在忙，再加上沒功課的話——爸媽就准許他自己騎腳踏車去白兔。當他抵達白兔的時候必須打電話回家，離開店面以前，再打一次電話，並趕在天黑以前回到家。除此之外，他想待多久都隨他。

好吧，雖然麥克從來就沒有待到他希望的那麼久，不過如果上學就像喀喀咬著芹菜棒，那麼來白兔就像吸著特大號的巧克力奶昔，是超級美好的時光。

晚秋的下午，這家店溫暖明亮。哲林先生站在櫃臺附近，頭髮朝著六個方向竄，他正在跟戴著紅襪隊帽子的男人講話。他對麥克揮揮手並說：「他是我朋友。」哲林先生指的是那個穿紅襪隊服裝傢伙，還是麥克？很難聽懂這個魔術師講的話，不過，麥克還是滿臉笑容。

哲林先生正捧著一個小盒子。他把小盒子拿給麥克跟那個戴棒球帽的男人看，接著打開來，露出盒子裡的一副紙牌（麥克知道哲林先生為了這家店買進好幾大箱紙牌），而麥克看得出來他就要開始表演了。

哲林先生把紙牌遞給男人，點點頭，並說：「坎姆，你可以洗一洗牌。」

對麥克來說，這是第一個線索，表示棒球帽男可能不只是隨機從街上晃進店裡的棒球迷。他是不是哲林先生的朋友呢？

麥克看著坎姆洗牌。他洗牌的速度快到看不清牌卡的移動，但他一定洗過十幾次，才把紙牌還給哲林先生。哇，麥克想，有沒有專業玩牌人這種行業呢？如果有的話，這傢伙一定是。

哲林先生接過紙牌，放回盒子裡，然後蓋上盒子，把盒子提起來，壓在額頭前面，彷彿腦袋可以感應出裡面有什麼。他看起來好像在冥想，或是聚精會神。最後，他看著麥克和坎姆，並說：「我透過心眼，可以看到這副牌的第一張是什麼牌。」

麥克跟坎姆互換眼神。「是嗎？」坎姆說。語氣讓麥可想到熬夜太晚時，爸爸講話的聲音，乾燥又沙啞。

「是黑桃七。」哲林先生說。

「好酷的戲法。」坎姆說。麥克看不出坎姆覺得佩服或是無聊。

「可以再來一次嗎？」麥克猶豫不決的問。真正的魔術師絕對不會接連兩次變同樣的戲法。頭一次，觀眾會大感驚奇，第二次觀眾會想辦法摸清楚。不過，在魔術專賣店裡面，魔術師總是會互相分享幻術，那就是這個地方存在的基本意義，所以哲林先生漾起笑容，並說：「當然。」

這次換麥克洗牌，然後把紙牌遞給哲林先生，哲林先生將紙牌收進盒子、蓋起來。

他又把盒子抵在腦袋前，然後嘆口氣。「方塊J」，哲林先生說，語氣像是彷彿運用念力讓他累壞了。他打開盒子，用手指著——麥克便知道自己該拿出那張紙牌。是方塊J沒錯，就像預測的一樣。

接著哲林先生把盒子放到背後，然後宣布：「紅心Q」。結果當然就是下一張紙牌的牌面沒錯。麥克打賭，哲林先生可以指出盒子的每張紙牌是什麼。麥克觀察得很仔細，但就是看不出哲林先生是怎麼辦到的。

坎姆在店面裡走來走去，一直把東西拿起來，瞧了瞧後，又放回去。瓷盤、灰塵滿布的手風琴、鏡子。麥克注意到，坎姆不打算踏進標示著「裡頭有祕密」的那一區。他只看跟魔法無關的商品——大多是像廢物的「古董」。

哲林先生什麼也沒對麥克說，就直接把那盒紙牌放在架子上，走去跟坎姆聊天。麥克聽不到他們在說什麼，因為他們聲音壓得很低。魔術師會對玩牌人說什麼呢？麥克非常好奇。他們做的事情完全不同，兩個人到底是怎麼認識的呢？

「你見到坎姆了吧？」卡洛斯問，卡洛斯是在白兔店打工的高中生，正在拆一捆二十五分硬幣，準備放進收銀機。「坎姆以前是哲林先生表演魔術的助手。」卡洛斯告訴麥克。

「哲林先生的表演？」麥克問。他不知道哲林先生有表演！「我在哪裡可以看到他的表演？」

「喔，再也看不到了，」卡洛斯說，「沒有坎姆，哲林先生的表演變得七零八落。我想，哲林先生現在在籌備新的表演。」他聳聳肩，麥克懂得他的意思。沒人真正知道哲林先生在做什麼。

「所以，出了什麼事嗎？」麥克說，「我是說，坎姆看來一切都還好啊。」

店門打開，有女人牽著小女生走進來，打斷了他們的對話，卡洛斯必須幫忙他們，所以留下麥克自己一個人。

麥克並不介意。他很喜歡跟哲林先生，或是到店裡來的魔術師學東西。可是光是在這裡閒晃傾聽，也可以學到不少東西。有些是魔術——他就是這樣學會飄浮紙牌戲法的，他可以讓某人選的紙牌，神奇的從一副紙牌中飄起來。麥克也知道了跟魔法無關的東西，比方說，他很確定卡洛斯有女朋友。當卡洛斯以為沒人在看時，總是在傳簡訊，一定就是因為這樣。

麥克走進「密室」，深吸一口氣。他才發現這個地方幾個月而已，但它已經成了世上他最喜愛的地方。每次來到這裡，感覺就像在過生日。所以他要做什麼呢？這個房間的每一個地方都擠滿了架子跟桶子，擺滿了等著被一試身手的魔術道具。

今天，麥克被其中一個書架的吸引。他不大喜歡閱讀，不過書本是個學習新類型魔術的好方法，而它們按照類別排序著：舞臺幻術、特寫魔術、心靈魔術。麥克想，哲林先生剛剛變的一定是最後那種魔術。

這些書目下面，有一排標著「魔術史」的書。歷史？麥克才不要讀歷史呢。可是他聽過哲林先生談到研究往昔的魔術大師，甚至是把祕密帶進墳裡的那些大師，比方說，哈利．胡迪尼——史上最了不起的魔術師。

胡迪尼的本名是艾瑞克．威茲，他先把姓氏改成「威斯」，最後改名為胡迪尼——是麥克．威斯裡的「威斯」！

嘿，麥克意識到，這正好就是查出他的家族跟胡迪尼有沒有關連的機會。突然間，麥克對歷史「興趣滿點」。

唯一的問題是什麼呢？這些書不是寫給小孩看的，所以有好多好長的字、有好多好長的章節！麥克真希望坎菲德老師可以看到他現在的模樣，他真的很努力要讀最厚的那本書。

他好不容易讀完一部分，裡面仔細描述了胡迪尼最知名的一次逃脫表演，魔術師銬上手銬，鎖在裝滿水的容器裡。那本書描寫胡迪尼的這種脫逃術如何隨時間變化時，麥克的注意力開始渙散，於是他翻到書本中間有黑白照片的部分。

那是胡迪尼從橋上一躍而下、胡迪尼跟太太貝絲的合照、胡迪尼上臺表演，麥克很喜歡看著觀眾席裡人們驚愕的表情，還有胡迪尼跟一整群魔術師在一起的樣子。

接著麥克注意到之前漏掉的一個細節。

胡迪尼站在長椅前方，位於一列魔術師的末端，有頂帽子擱在長椅的扶手上，就在他身旁。也許那是一九七一年時髦紳士的新款配件，可是麥克不這麼認為。

他認為那是胡迪尼的魔術帽。

為什麼？唔，麥克家裡的衣櫥恰好有頂魔術帽，形狀就跟照片裡的那頂差不多，有點歪斜，垂向一邊。那頂帽子內側有個標籤寫著：「E.W.」，恰好是胡迪尼改名前的姓名縮寫。

這個沒窗戶的房間暖烘烘，但麥克卻瞬間起了雞皮疙瘩。運氣不錯的是，這裡販賣各種舊東西。他往外走到古董區，抓起一支放在厚字典旁邊的放大鏡，細看那張照片。

照片裡的帽子跟他衣櫥裡的那頂完全符合。

麥克原本就在猜想，胡迪尼是否跟他家族有關連。答案就在這裡，就在眼前，他相當有把握。

接著手錶上的鬧鈴嗶嗶響起。麥克得走了。

哲林先生依然在跟坎姆講悄悄話，卡洛斯還在服務那個女士跟小女孩。麥克揮揮手，但沒說再見。他會回來的，他們都知道。

麥克照常騎腳踏車回家，但感覺像在飛。

老派魔術師們照片裡的帽子，就是他的那頂魔術帽。

這個小小的事實，就像魔杖一揮似的，可以為麥克改變一切。

第三章

家族樹

隔天早晨，麥克穿著睡衣——是件舊足球衣和有破洞的短褲——在廚房桌邊吃玉米穀片，後門突然打開，「哈囉？」有個聲音傳來，原來是諾拉，她正背著背包。

麥克想躲進桌子底下。「你怎麼來了？」他說，滿嘴蜂蜜堅果穀片。

「我爸媽今天要提早上班，所以我應該在這邊等到上學，」諾拉說，「抱歉，他們跟你媽說好了。」

媽媽竟然沒告訴我，麥克想。

他說：「我需要換個衣服！」，一面衝出廚房。如果他動作夠快，諾拉可能不會注意到他短褲的屁股那裡破了個洞。

他準備好要上學，回到廚房，諾拉正在筆記本裡畫畫。即使看也沒看，麥克也知道那張畫一定好到可以當成博物館的收藏。諾拉就是這樣，不管嘗試什麼都做得頂呱呱，她可能是整個四年級裡最聰明的女生。她比操場上的任何一個孩子跑得都快，連男生都比不上。她是個鋼琴神童，還會倒立靠雙手走。麥克通常不會跟女生交朋友，尤其像諾拉那樣的女生。不過，她跟他一樣，都是家裡唯一的孩子，兩個人相處的時間很多，因此麥克斷定，她沒那麼糟糕。

諾拉翻頁蓋住她的「傑作」，麥克可以看到下一頁上面寫了很多東西。他又替自己倒了一碗穀片，再淋上一些牛奶。

他咀嚼的時候，諾拉說：「我正在擬要訪問泰瑞舅舅的問題。」

「噢，」麥克茫然的說，「他要來你家嗎？」諾拉的親戚都住加州附近的，離他們目前的緬因州城鎮很遠。

「不是，我要透過電話訪問他。」諾拉解釋。

「可以再說一次，你為什麼要訪問你舅舅嗎？」麥克問。她會不會已經跟他說過了？

「為了那個家族史作業啊。」諾拉說。從麥克的表情，她可以看出他毫無概念。「這個月，整個四年級都要做的作業啊。我打賭你今天就會收到這項作業。」

麥克總是這樣。起初，他以為老師們會跟諾拉分享他們的教學計畫，對這種事他一點都不意外。後來他才意識到，四年級的三個班級總是會有相同的作業，而坎菲德老師的班級進度總是比另外兩班慢一點。

家族史作業？真湊巧！正是麥克一直想在學校學的東西！

「所以作業必須做什麼？」他問她。

「首先，我們必須訪問家族裡的某個人，」諾拉說，「最好不要選爸爸或媽媽，而是要選再老一輩的人。我們要從他們那裡蒐集故事跟照片。我們要做家族樹狀圖和家族地圖。最後，我們會把整個年級所有的家族全部畫成地圖。」

「聽起來好酷。」麥克說。他已經知道要訪問誰了，是他的奶奶，就是送他那頂帽子的人。

既然已經事前聽說過了，當坎菲德老師在課堂上介紹這項作業時，麥克就充耳不聞。他的腦袋有時候會有幾百萬個構想飛過，讓他在學校很難跟得上大家的腳步，難得一次可以領先其他人，還滿好的。坎菲德老師發下一張學習單，上面有個樹木的圖案，麥克知道接下來要做什麼。

他決定今天晚上打電話給奶奶，約定一個日期，請她找出老相本。如果她有那頂帽子的照片，也許就能看到帽子原本的主人。

坎菲德老師按下按鈕，換成下一張投影片，「我們蒐集的故事會很有力量，」她對班上的同學說，「我們會更認識自己的家族，也會對自己有更深的認識。」

麥克應該要把她的指示記下來。他面前有筆記本，手裡有鉛筆。不過，他卻在紙上試著做馬隆先生示範給他看的數學戲法，一

切就跟他說的一樣，如果他挑一個三位數的數字，按照所有的步驟來，最後總是會得到1089這個數字。

可是怎麼可能會這樣呢？

「那是什麼啊？」有個聲音低語。麥克抬起頭，奧斯卡正在看。

「只是……數學遊戲啦。」麥克低聲回答。

「我可以玩嗎？」奧斯卡說。

麥克搖搖頭，不想惹麻煩。「也許晚點吧。」他說，可是已經太遲了。

「麥克，有什麼想跟全班分享的嗎？」坎菲德老師說。

「也沒有啦。」麥克咕噥，大家又再次看著他了。

可是奧斯卡呢？沒人會特別想是奧斯卡的問題。

不久之後，坎菲德老師把孩子分成兩人一組，他們應該一起想出訪談要用的問題。可是麥克還來不及跟搭檔坐在一起，坎菲德老師就叫他過去了。

她憂心的看著他。「一切都好嗎？」她說，「你還在軌道上嗎？」

那是他們倆在學年一開始一起想出來的暗號。如果麥克偏離軌道，那就表示他需要稍微休息一下，耗掉一些精力，好好整理思緒。坎菲德老師會讓他離開教室，在走廊上走一走。她認為這樣總比打斷課堂好。

「我還好，」麥克說，「奧斯卡問我一個問題，我就回答他了。」

「我瞭解，」坎菲德老師說，嘴巴抿成一直線，「你想，午餐時間以前你有辦法都留在軌道上嗎？」

她認為都是他的錯！

好吧……他剛剛並不專心，可是如果不是奧斯卡打開他的大嘴，什麼事都不會發生！麥克的爸媽說，坎菲德老師態度堅定，但是講求公平。這樣怎麼算是公平？他納悶。在這件事之後，他就很難專心在手頭的工作上。

午餐前十分鐘，坎菲德老師再次把全班集合起來。「你們下樓以前，我想讓你們知道接下來的事情。」她說，語氣帶著遺憾，好像要

宣布什麼壞消息，「你們會在學生餐廳裡發現一些新規定，沒有人會想要再來一場食物大戰。」

「那不是食物大戰！」蕾西堅持。

「午餐時間必須要守秩序，」坎菲德老師說，「這樣大家才能補充精力。」

坎菲德老師把它們叫做「新規定」，可是所有的孩子都看得出來，其實那是一種懲罰。通常在學生餐廳裡，四年級學生想坐哪，就坐哪。不過，接下來這個星期，他們只能跟自己班上的同學坐。如果你在班上有些好朋友，那沒什麼大不了；如果沒有，那你就倒楣了。

麥克的好朋友都在朵爾太太或德卡米拉先生的班上。

他腳步沉重的走下樓去吃中餐。

札克跟查理一如往常，還是可以坐在一起，麥克看到諾拉在一群女生之間哈哈笑著。亞當跟同班的一個孩子排隊等著拿熱食，連傑克森．賈克柏也好好的在德卡米拉先生班級的桌邊霸占三把椅子，而且沒人打算制止他。

麥克還能坐哪兒呢？嗯，也許可以坐奧斯卡旁邊吧。也許奧斯卡會因為剛剛害麥克惹上麻煩而道歉。不過，麥克還沒走到那裡，威爾就一把搶走了座位。沒人挪出空間給他坐，男生全部擠成一塊，麥克頂多只能窩在邊緣，就在自以為是的艾蜜莉旁邊。

麥克深吸一口氣，當他覺得自己快爆炸的時候，就必須這麼做。

接著他想起某件事，只要等大家知道他的家族樹狀圖之後，他們對他的態度就會好很多了。

第四章

家族照片

奶奶住得太遠，麥克沒辦法騎腳踏車過去，所以爸爸要載他過去做作業訪談。

威斯先生在前座哼唱某首老歌。麥克在後座，腳在地上瘋狂打拍子。他好緊張，再不久，可能就是真相揭曉的時刻了——就像魔術師會說的話。

胡迪尼沒生過孩子，所以麥克不可能是胡迪尼的曾曾孫子之類的。他跟胡迪尼一定是透過別種方式產生關連，如果有誰知道是哪種關係的話，那個人肯定就是奶奶。不過，直接問她這件事感覺有點滑稽，因為就像說「請告訴我，我跟皇室之間的關連。」，萬一要是他完全搞錯了呢？

麥克的爸爸轉進車道，停下車子。「替我跟奶奶打招呼，好嗎？」他邊說，邊開了車門鎖。

「半小時後見。」麥克說。爸爸從兩場重要的會議間硬擠出空檔載他過來，不過麥克不需要那麼多時間，半小時遠遠超過他平日花在家庭作業上的時間。他跳出車外，跑到奶奶的前門。

他還沒按門鈴，奶奶就已經出現，一把摟住他，用力抱一抱。

對於自己的家族樹狀圖，麥克已經知道一件事：奶奶是圖表上他最

喜歡的人。

奶奶終於放開麥克時，麥克看到玄關地板上有個打開的行李箱，所有的衣物上面放了頂大草帽。

「你要去哪裡？」麥克問。

「搭郵輪旅行的時間終於到嘍！」她說。每年，奶奶都會跟她的妹妹（麥克的卡蘿姑婆）搭郵輪遊加勒比海。「不過，我明天才會出發。」她補充。

麥克咧嘴一笑。「你會帶T恤回來給我，對吧？」他說。那是她每年都會做的另一件事。

「當然嘍！」奶奶說。她領著麥克走進她家客廳，跟他說明她的行程。「我們會在四個小島停留，」她解釋，「你相信嗎？那艘郵輪有七個甲板跟五個游泳池。明年你一定要跟我們一起去！」

她在花布沙發的角落上坐下，拿起一本泛黃的相簿。「我每天都在期待今天的到來，所以，我們要怎麼開始？」她問。

麥克從口袋裡拿出坎菲德老師的樹狀圖學習單，紙被他弄得有點皺皺的。「我想，就從頭開始吧。」他說。樹狀圖上的每片葉子代表麥克的一個家族成員，他需要每個人的基本資料。首先，他要先完成自己該做的作業，然後才問胡迪尼的事。

「奶奶是幾年出生的？」他開始。

「一九四〇年。」她回答。

「在哪裡出生呢？」他問。不過，他其實早就知道答案了。

「紐約市，」她說，「我們跟著我爺爺，一直在那裡住到我五歲為止。」

麥克在紙上小心的寫下「紐約」。奶奶的爺爺就是他的曾曾祖父，對吧？家族樹狀圖上也有他的位置。

「你爺爺叫什麼名字？」他問。

奶奶一臉難為情。「其實我不知道他的本名，」她說：「他從匈牙利移民過來，把自己的名字改成西奧．哈丁。」

麥克嚥了嚥口水，「哈利．胡迪尼也是從匈牙利來的。」他隨意的說。

「真的嗎？真有意思！」奶奶說，然後就沒再多說。

麥克盡量保持專注，他還不能進入那個話題。他的家族樹狀圖還需要什麼資訊呢？他問：「你爺爺做什麼工作？」

「他在我們的社區還滿有名的，」奶奶回想，「我記得小時候媽媽有次在劇院外面的招牌上指出他的名字。當時我站在人群裡，覺得自己好渺小。我抬起頭，只看得到其他人的腳，大家都排隊等著要進去。」

奶奶其實還沒回答他的問題，接著她的電話就響了。

「抱歉，麥克，我得接聽一下電話，」她說，「等一下喔……」

麥克等奶奶講電話。「噢，對，如果你來餵貓的時候，也可以替植物澆個水，那就太棒了！」奶奶跟來電的人說：「那麼可不可以麻煩你順便把郵件拿進來？」

奶奶掛掉電話的時候，麥克直接回到剛剛的話題。「所以，你爺爺是演員嘍？」他提醒她。

奶奶搖搖頭。「那個時候電影還不多，他參加的算是某種綜藝節目，當時叫做『綜藝歌舞秀』。整場秀裡有一連串表演——跳舞、雜耍、魔術、唱歌、喜劇……」

「他會魔術？」麥克說，「就像哈利・胡迪尼一樣？」

「我想是吧。」奶奶開始說。門鈴聲打斷了她的談話。

這一次是鄰居拿可以在旅途上讀的書過來借奶奶。麥克望著牆上的掛鐘，試著耐住性子，時間分分秒秒滴答走過。

奶奶終於關上門，拿著書走回來。「我們剛剛講到哪？」

「你的爺爺奶奶。」麥克說。

「噢，對，」奶奶說，「我們從紐約搬走後，就不常見到他們了。」

「所以，你是在哪裡長大的？」麥克問，鉛筆準備就緒。

「在威斯康辛州，一個叫艾波頓的小城市，」奶奶回答，「離紐約很遠。」

麥克對艾波頓可清楚了。「那就是哈利・胡迪尼長大的地方啊！」他告訴她。

「是嗎？」奶奶說。

接著他們又被打斷了，麥克真不敢相信居然被打斷了這麼多次。這一次輪到卡蘿姑婆打電話來，她要處理一些旅行的細節。大人為什麼老是這麼忙？麥克納悶著。一開始是爸爸，現在是奶奶，他只不過是想查一些關於他家族史的答案而已！

麥克在客廳來回踱步，看著奶奶壁爐橫架上的照片。有他爸媽婚禮那天；他表弟妹傑克跟莉莉參觀花車遊行；還有麥克去年在學校拍的照片。

奶奶的相簿還在剛剛她放著的地方。麥克拿起相簿，吹掉封面的灰塵，往裡頭一瞧。

他盡可能小心的翻閱薄脆的紙張。大部分的照片都是兩個小女孩。是奶奶跟卡蘿姑婆嗎？麥克想著。要不是奶奶還在電話上講個不停，他就會問個清楚。麥克看到的照片有：一隻新養的小狗、生日派對、到海灘去玩，他看了很久，照片開始混在一起，忽然一張剪報翩翩飛落……

標題被撕掉了，照片內容是兩個男人站在街頭，在一家商店櫥窗前擺姿勢拍照。右邊那位身材高挑，頂著剪短的鬈髮；左邊那個比較矮，肌肉發達……而且他的臉龐周圍印墨已經糊掉了。從他們的裝扮看來，麥克猜這張照片是在奶奶出生之前拍的。

馬汀卡精巧魔法裝置&幻術

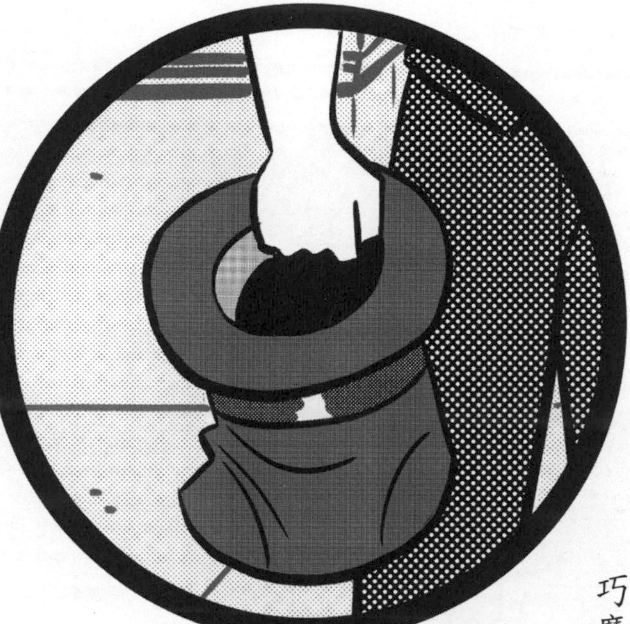

首先，麥克注意到那家商店的名字是「馬汀卡精巧魔法裝置&幻術」。這一定是一間魔術店！就像白兔一樣！

接著，麥克看到那個更矮壯的男人手上拿著一頂黑色禮帽。那頂帽子從手上垂下，貼在身體側面。

那頂帽子如何？雖然上下顛倒，麥克可以看出它不大能直立。麥克好興奮，簡直要從沙發上跳起來。是他的那頂帽子耶！可是這傢伙到底是誰？

他可能是一個魔術師嗎？麥克告訴自己。也可能是在那家店上班的人，也許只是在賣這頂帽子的人，搞不好他根本不是麥克家族裡的人。

可是，那他為什麼會在這本相簿裡？麥克納悶。

他還可能是誰呢？

嗯，有可能是那個E. W.——也就是哈利．胡迪尼。

奶奶終於講完電話，轉身面對他。「麥克……」她說，正準備道歉。不過麥克根本不介意，他只是想知道答案。

「奶奶，」他心急的說，一面指著照片，「這是誰？」

她拿起剪報，瞇起眼睛。「右邊那個是我爺爺，」她說，「另一個我就不確定了。」

「你看到他手上拿著什麼嗎？」麥克邊說，邊戳那張照片，「看起來就像我那頂帽子！你知道的……就是你送我的那頂！你說本來是某個表哥還是誰的帽子。」

「是我最喜歡的表哥的，」奶奶說，「我們還小的時候，他都會變些魔術戲法，不過，照片裡的那個人不是他。」

「可是，要是那頂帽子本來是別人的，後來才變成你表哥的呢？」麥克問，「帽子裡面有個標籤寫著E.W.，一定是誰的姓名縮寫。帽子本來是不是別人的？」

「我想應該不是。」奶奶搖著頭說。

麥克停不下來。「可是萬一帽子本來是照片裡那個男人的呢？我必須知道他是誰！這件事對我的家族樹狀圖作業很重要。」他說。更不要提我在學校的名聲了，他想。

奶奶皺著眉頭。「我真希望我能告訴你答案，麥克。」她說。

麥克急著想知道來龍去脈。「還有沒有別人可以問？」

敲門聲響起，是爸爸。

「這樣好了，」奶奶說，「我會把剪報帶去旅行，卡蘿的記憶力比我好太多了，一定馬上可以認出他來。」

麥克一點都不想要這樣，可是爸爸已經在門口指著手錶。

最終的答案還有得等。

第五章

戶外教學

所以麥克還不知道最終的答案，他沒辦法完全確定。可是有那麼多巧合——匈牙利、綜藝歌舞秀、艾波頓，而且胡迪尼的帽子就在他的家族相本裡！只差一步，麥克就能查出胡迪尼該放在他家族樹狀圖的哪個位置了。

他現在很難把心思放在其他事情上。

家族樹狀圖學習單完成期限就要到了，可是麥克還沒辦法完成。在接到奶奶的消息以前，他應該先做些什麼？他一定得交出什麼才行，對吧？他不希望坎菲德老師或是班上的同學認為他故意擺爛。

他寫了幾張活頁紙，列出另外要找時間問爸媽的問題。奶奶的遠房表哥叫什麼名字？他的外婆在哪裡出生？能做多少，就盡量做。

麥克嘆口氣，他已經受夠這件事了。

他悄悄走下樓，把明天要帶去學校的報告塞進背包。如果他快點收拾好，爸媽就不會要求先看一遍。

運氣真好！他們正在家庭娛樂室裡折洗乾淨的衣服。「噢，麥克，你可不可以把這籃衣服拿到樓上？」爸爸問。

「當然，」麥克爽朗的說，「沒問題。」一旦做完這件事，他就自由了！

現在輪到最重要的事了，不是學校、不是運動、不是音樂、不是朋友，對麥克來說，一天當中最重要的事情就是研究某本厚書——來自哲林先生的禮物，叫做《祕密之書》。裡頭有麥克看過或所夢想的每種魔術戲法指示。《祕密之書》看起來彷彿在魔術師們之間傳承了一百年以上；事實上，麥克覺得這本書本身就蘊藏著魔力。

他閉上眼睛，用手指翻頁，隨意攤開《祕密之書》——這本書總是知道麥克需要讀什麼。

他眨眨眼，看著自己選到的內容。好詭異！

這頁的魔術戲法叫做「在我的心眼裡」，就是哲林先生在白兔商店表演給他跟坎姆看的那個！

麥克打開檯燈，仔細閱讀指示。他必須在紙牌盒子上割出小洞，大到可以顯示頂端紙牌的數字跟花色，關鍵就是要遮住那個洞口不被人看到。

麥克用剪刀剪出小洞，然後練習這個戲法，他的觀眾就是坐在床上的一隻絨毛熊。他把那盒紙牌給絨毛熊看，並用拇指遮住那個小洞。接著把紙牌從盒子裡拿出來，遞給絨毛熊洗牌——好吧，絨毛熊其實沒辦法像坎姆那樣洗牌。稍待片刻後，麥克把那副紙牌拿回來，然後解釋接下來會怎麼樣進行。

「透過我的心眼，我將會看到紙牌最頂端的那張。」麥克告訴絨

毛熊。

「我的心眼」是很炫的說法，意思就是「我的第六感」或「我的法力」。他把那個盒子舉到額頭前，小洞口面向自己，就像哲林先生那樣，他表現得好像在賣力思考。這個戲法就是要迅速瞥過洞口，不讓任何人注意到。嗯，他成功騙過絨毛熊了！

他又多練習了幾次，不過這個戲法有個問題。他不能像平常那樣對著鏡子練習。他沒辦法看到自己看那個小洞口時的樣子！

雖然麥克還沒準備好公開表演這個魔術戲法，不過可以找諾拉測試一下，然後在店裡表演給哲林先生看。他很好奇胡迪尼通常要練習多久才能把事情做對。

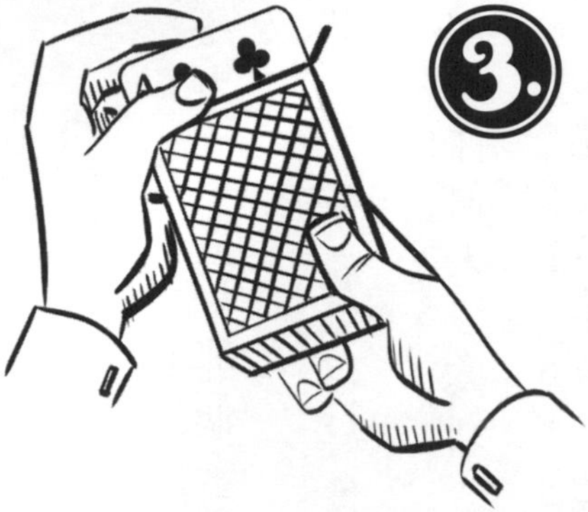

3.

接著，從盒子裡取出紙牌，遞給一位觀眾，並告訴他，他想怎麼洗牌都可以。
洗完牌之後，將紙牌放回盒子，紙牌要面朝那個祕密洞口。

4.

把整副紙牌舉高，洞口朝向自己，靠在你的額頭上。迅速看看那個洞口，你的動作必須小心又快速。
接著，跟觀眾說，你可以透過心眼看到這副牌裡的第一張。
心眼是什麼？就是永遠不會弄錯的神祕第六感！

5.

接著，說出那張紙牌的花色跟數字，最後打開盒子，取出那張紙牌，讓觀眾大為驚奇。
透過事先割開的方格可以看到下一張紙牌。你可以不斷的表演這個戲法！

在我的心眼裡魔術

這是事前需要稍加計畫與準備的一個戲法。

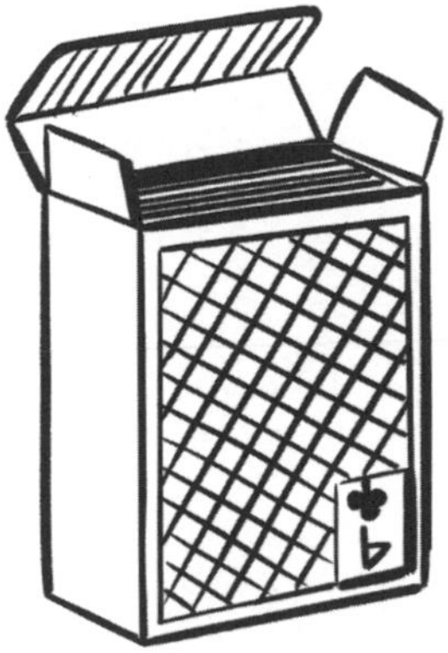

1.

開始表演以前，先在紙牌盒子的右下角割出小洞，就在紙盒折口那一側，洞口只要大到足以顯示紙牌頂端的數字跟花色就好。

2.

一開始先把折口闔起的紙牌盒子拿給觀眾看。展示盒子的時候，拇指要一直遮住之前割出的小洞口。

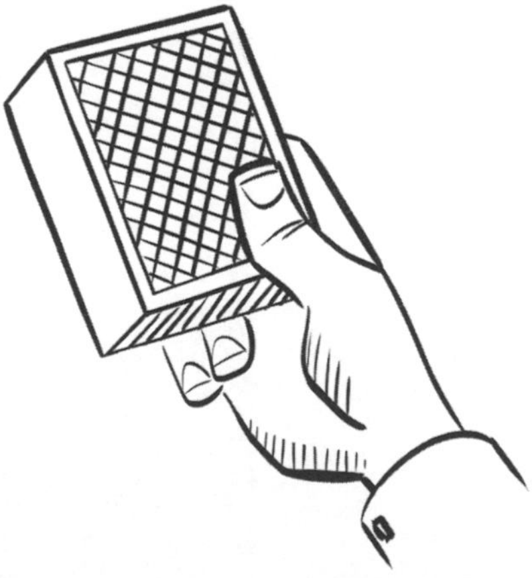

四年級都要去當地博物館的檔案室參訪，這是家族樹狀圖作業的一部分。

博物館離學校不會太遠，所以三個班級要一起散步到市區，雖然就快下雨了。

麥克不知道檔案室是什麼，直到朵爾太太對他們解釋：「很多當地的重要紀錄都存放在檔案庫裡，」她說，「比方說，過去兩個世紀，誰買了跟賣了房子，誰出生跟誰死亡。有人能夠告訴我，這種資料對於製作家族樹狀圖有什麼用？」

我怎麼知道啊，麥克想著想著，便走開了。

不過諾拉當然知道答案：「我們可以找出自己家族發生重大事

件的準確日期。」她說。麥克站在她身邊，可以感覺到老師們微笑的溫度。

坎菲德老師補充。「即使你家族已經不住這個城鎮了，你還是會發現有些資訊滿有用的。只要知道你想要找什麼，我們就可以幫你查出關於你的家族資料，不管你的家族原本從哪裡來。」

麥克舉起手詢問：「要是你家族原本從匈牙利來呢？」

他還沒聽到回答，傑克森就已經出聲嘲弄他。「對啊，我也餓了！」（註）

註：匈牙利（Hungary）跟餓（hungry）發音相近。

他一邊嘎嘎笑，一邊說：「誰有帶點心啊？」

「別理他，」亞當說，他是麥克的新朋友，就站在麥克身旁。可是沒那麼簡單，整趟路程中，麥克都垂著頭，盡量不要引起傑克森的注意。

博物館位於一棟令人讚嘆的建築裡，就在麥克爸媽上班的大學校園邊緣。建築一側有圓塔，另一側有彩繪玻璃牆壁，麥克想，看起來有點像城堡，也有點像教堂。裡頭涼爽寧靜，每個人都稍微放鬆了。

博物館館長壓低音量，替全四年級同學導覽。館內有老地圖、舊市鎮的照片，還有一整排電腦，可供一些孩子搜尋、記錄。

問題來了，這間博物館小不隴咚，而卻好多孩子。

麥克一向不擅長等候，可是他勉強排著長長的隊伍，等待使用電腦。查資料就在輪到他，準備坐下時，有根粗粗的手臂推開他，並說：「現在輪到我了！」

那個人不是傑克森，狀況更糟——他是諾拉班上那對強悍雙胞胎的其中一個，不確定是泰勒或切斯——麥克還分不出是誰時，他就已經「滑」進了麥克的座位。

「嘿！」麥克說。可是旁邊沒有大人在看管，所以麥克能怎麼辦呢？要不把位子讓給他，還是要當著全部四年級同學的面，把對方推回原位。

麥克知道該為自己發聲，可是問題是，大家可能會以為是他先挑起戰端，一如往常。

所以麥克選擇離開，而泰勒或切斯在螢幕前坐下，接著傑克森昂首闊步走向他的死黨。「遊戲開場！」傑克森嚷嚷，突然間，電動遊戲的雷射爆聲響徹安靜的博物館。他們關掉博物館的網站，正在玩遊戲。

坎菲德老師衝過來看看是怎麼回事，她直接朝麥克走來。

「他插我的隊，」麥克趕緊說，「跟我沒關係。」

坎菲德老師相信他，她轉向那個雙胞胎並斥責：「泰勒？你在做什麼？等你回到學校，請去跟史考特校長談談。」

校長？泰勒才不在乎呢。泰勒打斷她的話：「麥克又不能在當地的紀錄裡找到什麼。」泰勒說。傑克森就在泰勒身旁冷笑。「對啊，麥克他家族是從匈牙利來的。」

麥克火氣竄起，那算是羞辱嗎？他納悶著，為什麼傑克森就是不放過他？匈牙利是胡迪尼的

家鄉，有什麼問題？麥克突然湧現對自己家族的驕傲感。

「那不代表你就可以……」坎菲德老師一時結巴。

麥克打斷了坎菲德老師說話，「泰勒說得沒錯，」他對老師說，彷彿他可以不在意這一切，「我是說，我不太需要查這家博物館的網站。我對我的家族樹圖很清楚。我跟哈利·胡迪尼是同一個家族。」

應該就是這樣沒錯吧，麥克想，他就是知道。

傑克森翻翻白眼。「最好是啦，」他說，「你證明看看啊。」

「好，」麥克說，「我會的。」

表演即將開始……

第六章

人情

麥克一路走回學校時，腳步裡彷彿有彈簧，就像奶奶會說的那種情況。

即便開始下雨了，麥克路過每個水灘，仍開心的踩踏，頓時水花四濺。傑克森和泰勒沒跟他們在一起，因為德卡米拉先生提前帶他們回學校了。

現在，他們會坐在麥克在史考特校長辦公室外頭的老位置上。

希望他們現在非常緊張，麥克想。麥克坐在那裡的時候，學校祕書瓦倫太太總是會給他點心——她喜歡麥克。不過，傑克森到那邊的時候，她可能會把糖果罐藏進辦公桌裡。

所以一整個下午，都不會有惡霸對他緊迫盯人。

當他們回到教室時，甚至沒有時間進入新的一課！坎菲德老師複習完這趟校外教學活動的重點之後，就說：「有人想玩 Seven-Up 嗎？」（註）

麥克之前總是希望透過玩遊戲，有正當的理由可以把腦袋靠在課桌上，可是今天他有別的想法。

「我有個問題，坎菲德老師！」他說。在坎菲德老師還來不及提醒麥克舉手才能發言，他就脫口而出：「能不能先讓我變個魔術？

然後再玩 Seven-Up？」

「耶！魔術耶！」全班都同聲附和。

坎菲德老師點點頭。「太好了。」她說。坎菲德老師也許對麥克很嚴厲的，不過她喜歡鼓勵學生追求自己的興趣。

而麥克總是隨時準備好兩三個戲法，可以臨時派上用場表演。

不過「在我的心眼裡」還沒準備好要登場，可是他還有其他招數。

註 Seven up 遊戲為：老師挑七個學生當挑選者，其他學生把頭靠在課桌上閉上雙眼不能看，手放在桌上，舉起拇指，七個學生在教室裡走來走去，各挑一個對象，輕點對方的拇指，被點到的人收起拇指，表示被點過了，不能再被點。等七個挑選者都各挑完一個對象，全班抬起頭，被點到的人猜自己是被誰點到。如果猜對，就可以取代那個挑選者，在下一輪扮演挑選者。如果猜錯，原本那個挑選者可以繼續進入下一輪。

3.

把沒做機關的那疊牌遞給某個觀眾，並說：「這一半是你的，這一半是我的。」請那位觀眾翻翻那疊牌，並挑出一張紙牌、記住花色與數字。

接著，請那位觀眾將選定的紙牌放在他的整疊牌卡頂端，並可將牌卡交回給你，再將你的那疊紙牌（做了機關的那一半）疊在全部卡牌的上方。

4.

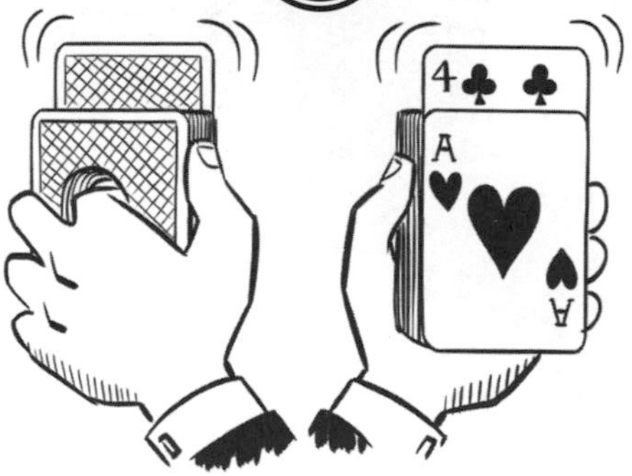

拿起整副牌，將牌面面向觀眾。告訴觀眾，你打算把這副牌變輕一點，並從整副卡牌的最正面及背面各移走兩張紙牌。

5.

這招是為了轉移注意力。當你移走背面的卡牌時，並將手指塞進機關卡片的底部——即未做機關那疊紙牌的最頂端那張——慢慢將它往上推。最後，你可以問觀眾：「你挑的是這張嗎？」

注意：那位觀眾可能會說不出話來。

紙牌上升魔術

表演這個戲法以前，你需要準備一副紙牌，製作成一些特殊的紙牌。魔術師稱這些紙牌為「機關紙牌」。
先將紙牌分成兩疊，每疊二十六張。

1.

機關紙牌製作方法：
先直向拿著紙牌，將牌面朝下，拇指按壓在背面中央。用麥克筆繞著拇指畫線，然後用剪刀順著拇指圖案剪出一個洞。依相同步驟，製作二十四張機關紙牌。接著，全部牌面朝下，疊在一起。

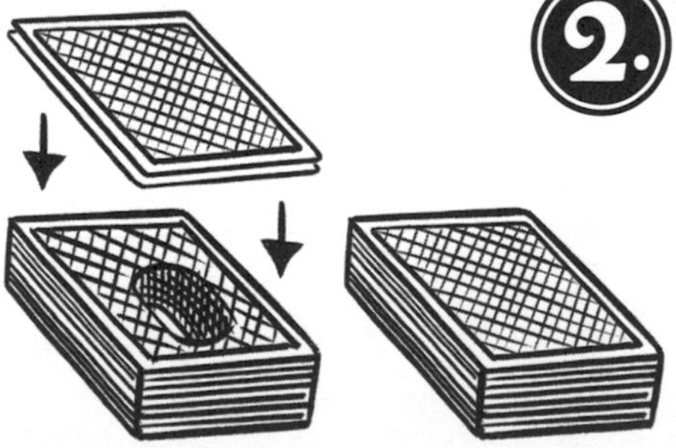

2.

取出兩張沒剪洞的紙牌，牌面朝下，放在機關紙牌最上方。這疊紙牌會有二十四張機關紙牌跟兩張未剪洞的紙牌；另一疊會有二十六個未剪（即未做機關）的紙牌，將這兩疊並排放在一起。現在，可以開始準備表演了！

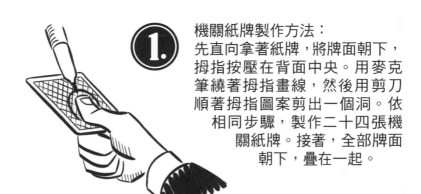

他必須要非常小心，因為這項戲法牽涉到魔術表演的機關紙牌——這些紙牌他曾做過特殊設計，跟其他紙牌不同，更重要的是不能讓其他人看到。不過，麥克已經照著鏡子練習這項魔術表演好多遍了，他確定自己已經準備好了。

那副特別的紙牌就在他運動服的口袋裡。他拿出紙牌，分成兩疊，放在前排的課桌上。接著他叫威爾過來。「這一疊是你的，」他邊指牌卡，邊說：「這一疊是我的。」

威爾點點頭，「懂了。」

「你需要做的是：從你那一半挑出一張紙牌，記住牌面，」麥克說，「可是不要告訴我是什麼牌。」威爾翻了翻他那疊紙牌。

「準備好了嗎？」

當威爾說「準備好了」的時候，麥克就繼續進行表演。

「現在，將你挑的那張紙牌放在最上面，給你那一半的牌。」麥克把他自己那疊牌往上疊，放在最頂端，然後他拿起整副牌。

「哎呀，這些紙牌有點重，」麥克說，「我想我必須抽掉幾張。」他從整副紙牌的正面移走兩張，從背面移走兩張。不過，當他這麼做的時候，怪事發生了。一張方塊Q開始從那副紙牌中央被推出來，緩慢的從紙牌間升起。

「奇怪，」麥克說，「這就是你挑的那張牌嗎？」

威爾很驚訝，「其怪？這簡直太神奇了！」他告訴麥克。

其他孩子擠在四周。「你是怎麼弄的？」他們異口同聲說，「可以再做一次給我們看看嗎？」

全班的目光再次聚焦在他身上，可是這一次的原因正面多了。

諾拉正在放學後的會合地點等麥克。

「你到哪去了？」她問。

「沒去哪裡。」他說。他只是刻意逗留到確定傑克森已經離開為止。

要是他們不趕快回家，諾拉的媽媽會擔心。「剛剛在博物館到底發生了什麼事？你有沒有看到傑克森跟泰勒提前離開？」諾拉邊問，邊和麥克走路回家。

要把自己被找碴的事跟其他同學說，還滿尷尬的。不過今天麥克占了上風。

「排隊用電腦的時候，泰勒插隊，然後開始大玩電動！後來傑克森嘲笑我的家族，不過我讓他閉嘴了。」麥克說。

「真的假的！」諾拉說，「不錯喔！」

「對啊，我跟他說，反正我也不需要使用電腦，我已經有很多資料可以放進我的家族樹狀圖。我發現我跟哈利·胡迪尼有親戚關係！」麥克每說一次，就覺得這件事愈真實。

諾拉停下腳步。「你跟哈利·胡迪尼有親戚關係？真的嗎？」

「對啊，」麥克謙遜的說，「我奶奶都跟我說了。」——多少「算是」說了。

「所以，你們是什麼樣的關係？」諾拉問，「他在你的家族樹圖上是哪個位置？」

「嗯，關於這點，我還要查清楚。」麥克承認。

「你奶奶沒說嗎？」

「她也不確定，她說要問她妹妹，她們去參加郵輪之旅。」

諾拉頓住。「那你是怎麼知道的？」她問。

「我就是知道。」麥克說。

「你確定嗎？」諾拉再問一次，為了確認。

麥克避開她的目光。「就是有很多巧合了嘛，可以吧？」他知道他可以證明這件事。既然有了那頂帽子和那本書——哪裡還需要什麼証據？他會讓傑克森瞧瞧。但是麥克的計畫是否能成功，還得靠諾拉的幫忙。

麥克信任諾拉，可以讓她知道所有的魔法祕密，可是他能把應付她媽媽的事情交給她媽嗎？

諾拉的媽媽相信做任何事情，都有對的方式跟錯的方式。放學後，運用時間的正確方式是先做回家功課，其他事情都排在後頭。而接待鄰居小孩的正確方式，就是讓他遵照慣例行動。麥克從沒想過要打破諾拉媽媽的規定，不過就先交給諾拉處理吧。

芬恩太太在廚房桌邊，戴著眼鏡，正在翻閱一疊文件。「嗨，你們兩個！」她愉快的說。

「媽，」諾拉一本正經的說，「我們有急事。」

芬恩太太一臉警覺。「不是壞事啦，」諾拉趕緊補充，「麥克必須到市區拿點東西……跟作業有關。」她解釋。

「市區？哪裡？」她媽媽問。

諾拉瞥瞥麥克，一副「就跟你說了吧」的表情。如果急事跟學校有關，她媽媽永遠不會拒絕。

「我知道聽起來很奇怪，可是其實我們必須去那家古董店。」諾拉說。

接著諾拉提出誘因，她的媽媽很著迷瑜珈跟健康食品。「隔壁就是你想去逛逛的那間新開蔬果優格冰沙店。」

於是他們就出發前往市區了。諾拉媽媽就點了一份羽衣甘藍加胡蘿蔔冰沙，麥克則跟諾拉一起去白兔商店。他想知道胡迪尼是不是也有一個像諾拉這樣的搭檔，麥克這回欠她一個大人情。

他簡直是用衝的進入店裡，一路到後側房間去。那本講魔術史的故事書在哪裡？「是最厚的那本，」麥克憑著記憶告訴諾拉。有那本書加上那頂帽子，他就有證據可以拿給傑克森看，是有分量的證據。

「在這邊！」諾拉說著便從架上抽出來。麥克翻著那些照片，最後找到戴著帽子的胡迪尼。「跟我那頂一模一樣！」

諾拉仔細端詳。「看起來確實一樣。」她說。

「傑克森看到，一定會氣炸！」麥克預言。現在，他只要把這本書帶去學校就可以了。

麥克不想請哲林先生幫忙，可是又能怎麼辦，他根本買不起這本書。他回想自己之前請爸媽買手機的事情，現在才發現原來他真正需要的是信用卡！

哲林先生正站在櫥窗邊的折疊梯上，看起來好像是十年來頭一

次更換櫥窗展示。傍晚陽光灑進原本布滿灰塵的骯髒櫥窗，那裡本來擺髒毛色是不太白的兔子娃娃的地方，現在換成一頂特大號的魔術帽，還像舞臺一樣，打著明亮的燈光。

「哲林先生？」麥克沒把握的說。

哲林先生爬下梯子。「麥克？有什麼要幫忙的嗎？」他說。

麥克用最快的速度解釋。「我在想，你能不能借我這本書，明天就還。我是說……我知道你通常不出借東西，可是我沒辦法買下它，而且……我只是需要用它來辦一件事。拜託？我保證明天就拿回來還。」

哲林先生有時候神祕又冷淡，有時候會說出沒人聽得懂的話。

不過，這天下午，他說得清晰又直接，他說：「沒問題，麥克，我很樂意。」

麥克驚訝的瞪大眼睛。他沒料到竟然會這麼容易。

哲林先生壓低嗓門，用魔術師對魔術師說話的語氣說：「我都能放心把『祕密』交託給你了！」他說，「借一本書只是小事一樁，明天見。」

第七章

避開傑克森

麥克睡不著覺。通常爸爸或媽媽必須在他鬧鐘響了兩次之後，才叫得醒他。不過，今天不用，他靜靜的躺在床上，看著朝陽升起。

今天他會把那本書跟帽子帶到學校拿給傑克森看。可是萬一還是不夠呢？如果傑克森不相信他，他該怎麼辦？

他寧願自己一開始在博物館裡什麼話也沒說，任由傑克森像以往那樣為所欲為，也許還比較好。胡迪尼以前必須應付惡霸嗎？麥克納悶。

他踢開被子，走下樓去，他可以聽到爸爸在浴室裡刮鬍子。麥克在門口正等爸爸披著浴袍走出來。

「嘿，爸，」麥克隨口問道，「奶奶在旅途中時，我可以打電話給她嗎？」

爸爸似乎滿訝異的。「我想你可以試試看，她可能會帶手機出門。不過，很難說她那裡有沒有訊號，畢竟海洋滿大的。」他補充說明，彷彿麥克原本不曉得這件事似的。

「也許我可以寫email給她？」麥克滿懷希望的說。

「會有同樣的問題，」爸爸說，「我知道船上可以收email，可是我不確定網路穩不穩定。」

麥克決定雙管齊下。他撥奶奶的手機號碼時，直接進入語音信箱。「奶奶，我是麥克，」他在嗶聲之後說，「只是想確定你還記得跟卡蘿姑婆問照片裡的那個傢伙是誰嗎？這點超級重要的！」

他也在email的主旨那一行寫著：「提醒！」，訊息簡短扼要。

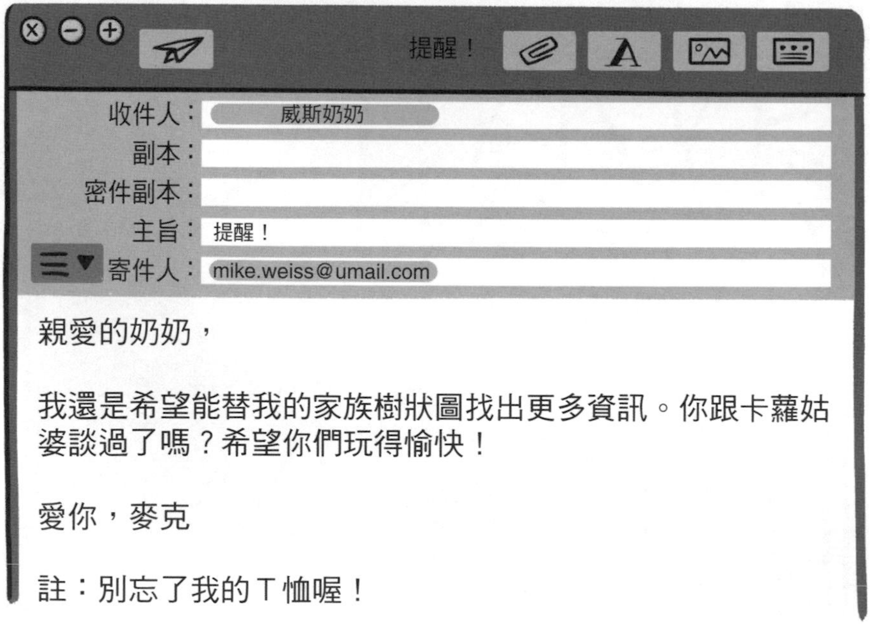
提醒！
收件人：威斯奶奶
副本：
密件副本：
主旨：提醒！
寄件人：mike.weiss@umail.com
親愛的奶奶，
我還是希望能替我的家族樹狀圖找出更多資訊。你跟卡蘿姑婆談過了嗎？希望你們玩得愉快！
愛你，麥克
註：別忘了我的T恤喔！

麥克的媽媽下樓來，並說：「你今天好早起喔！」

對啊，麥克想，而且今天會很漫長。即使他手上握有證據，也不大想見到傑克森，也許待在家裡會比較好。

麥克的朋友札克曾跟他說過一個萬無一失的裝病方法。他趁爸媽換衣服的時候，替自己倒了杯特調飲料：一大杯的牛奶混合柳橙汁。保證麥克一喝，就會吐出來。首先，他必須把自己的腦袋弄得暖烘烘，這樣一來，爸媽就會相信他發燒了。

麥克記得，札克說他把一枚熱燙的燈泡靠近額頭，可是麥克不想燙傷自己。他把媽媽的吹風機開到最大，對著臉猛吹。

但他還來不及灌下那杯飲料，媽媽就猛敲浴室門。「麥克，發生什麼事了嗎？」她問，「你為什麼在使用吹風機？」接著她看到放在浴室水槽邊緣的那個杯子。「哎唷，」她邊說邊拿起杯子，「這什麼東西啊？請別喝這個，親愛的。」麥克來不及把杯子拿回來，就被媽媽一把倒進馬桶了。

麥克最後還是照常跟諾拉一起走路上學。他用雜貨店的購物布袋裝著那頂帽子跟那本書。

可是，麥克跟諾拉步行上學的途中，傑克森沒衝到他們身邊。第一節課前，他也沒把麥克從操場上的隊伍推出去；他們的班級在走廊上擦身而過時，他沒擺臭臉；午餐時他也沒出現，而且也沒人注意到他。反而因為沒有傑克森・賈克柏，整個四年級在學生餐廳裡表現優良，還受到稱讚。「繼續維持下去，」史考特校長說，「這樣我們很快就可以恢復食物大戰以前的座位方式了！」

下課時，麥克在操場上找到諾拉。「傑克森今天沒來上學。」諾拉說。

「他被退學了嗎？」麥克問，「在博物館裡玩電動，還滿糟糕的。」

「我們只能這麼希望。」諾拉說。

午餐過後，班上分成三個閱讀小組。坎菲德老師指導其中一組時，另外兩組必須先自己進行活動。艾蜜莉．溫斯頓那一組正在寫一答案，但是麥克這一組卻仍在閒聊。安娜貝爾說：「我好喜歡你變的那個戲法喔，麥克，你在哪裡學的啊？」

那些魔術就在我的基因裡！麥克想。再不久，全校都會知道這件事。

「嗯，有時候我會去一家魔術店，」麥克告訴她，「他們教我滿多東西的，我也會在 YouTube 上看魔術師表演，可以的話就去看魔術秀。噢，我時時刻刻都在練習，有時候也會看魔術書。」

威爾刻意壓低聲音，要確定在教室後側角落的坎菲德老師沒往這邊看。「你可以再秀一個戲法給我們看嗎？」他問。

雖然麥克不想被逮到，可是他抗拒不了。哈利·胡迪尼會婉拒表演的機會嗎？絕對不可能。

他要是現在就拿出胡迪尼的帽子，就一定會招來坎菲德老師的注意；不過他有四個錢幣，還有身上的刷毛背心裡也塞了一頂軟扁帽，這樣的道具就夠了。

「有人有麥克筆嗎？」麥克悄聲問道。威爾馬上遞了一枝過來。

「太棒了。」麥克說。現在他解釋接下來會發生的事情。「我要到外頭的飲水機那裡。你們要用麥克筆在其中一個錢幣上標出X，然後你們輪流拿這個標了記號的銅板，照著這樣做，可以嗎？」麥克把一枚錢幣握進掌心，舉到額頭前示範。「這樣你們就能透過念力對我發送訊息，完成之後，把四個錢幣全部放進帽子裡。等我回教室，我不用眼睛看，就會知道哪個銅板上標了X！」

他朝坎菲德老師看了一眼，不過她一心忙著她那組的工作上。希望她不會注意到其他孩子在捏那枚錢幣。

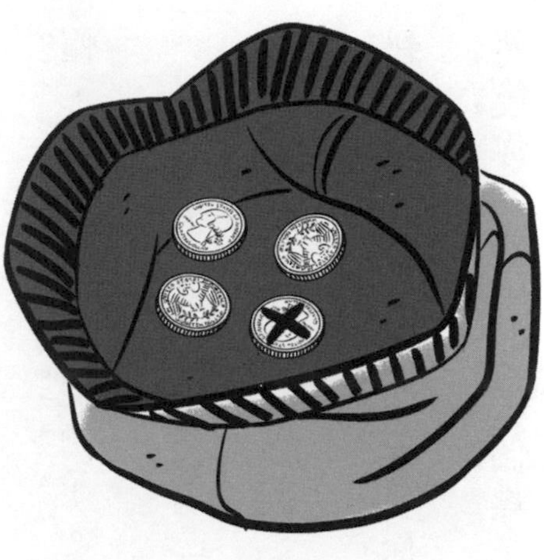

「念力訊息？」蕾西問。

「等著吧，你們會知道念力是什麼，這很神奇喔！」麥克說。「坎菲德老師，我能不能離開一下！」他呼喚著。

他好整以暇的走到廁所再走回來，然後往教室裡望去，只是要確定事情一切順利。

威爾正拿著那枚錢幣湊向額頭，就像麥克示範給他看的那樣。

威爾不知道的是，麥克透過溫度就能辨識那枚標記的錢幣。等小組裡的每個人都輪流捏過之後，那枚錢幣會比帽子裡的其他錢幣來得溫熱。

麥克一語不發走回來，他從蕾西那裡接過針織扁帽，把一隻手伸進去。他馬上可以辨認是哪枚銅錢幣，可是他刻意一次挑起一枚錢幣。「是這個嗎？」他問，挑眉表示懷疑，「還是這個呢？不，一定是這個！」

麥克得意洋洋的舉起這枚錢幣，讓整組人看那個X標記。

而坎菲德老師呢？她正跟另一組成員進行長時間的討論，什麼也沒看到。

3.

完成之後，觀眾應該用拳頭握住那枚錢幣，高舉到額頭，聚精會神在那枚錢幣上。接著將那枚錢幣傳給其他幾位觀眾，他們也應該把那枚錢幣以拳頭握住，然後全神貫注在錢幣上。

4.

結束之後，第一個觀眾應該把所有的錢幣（包括標了記號的那個）放進帽子，然後將你叫回房間。

5.

當你再次回來房間時，把手伸進帽子，連看也不看，就迅速挑出那枚標了記號的銅板！

注意：這個戲法不需要用到視覺，需要的是觸覺。迅速拿起錢幣、握住，然後放開每個銅板—被觀眾握過的銅板還是溫熱的，就是那枚被標有記號X的錢幣，因為其他銅板摸起來會很涼爽！

涼爽的錢幣魔術

1.

一開始，將四枚錢幣、一支麥克筆和一頂帽子秀給觀眾看。用哪種錢幣都行，可是應該用四枚相同大小的銅板。
祕訣：大錢幣的效果最好，像是 50 元或是 10 元錢幣。

2.

向觀眾解釋說，你要離開房間。當你不在的時候，一個觀眾會用麥克筆在其中一枚錢幣上標出 X 。

安娜貝爾跟麥克擊掌，威爾壓低嗓門吹口哨。麥克彷彿可以在他們的眼神中看出他們對他的想法。也許是尊敬？魔術為麥克發揮了魔力。

成為注意力的焦點讓麥克得意忘形，沒留意有人敲了教室的門，也沒注意到出現在窗邊的人，更別提有個孩子走進他們的教室。其他班級的學生進進出出，替別的老師傳遞訊息，這種事情還滿常見的。可是為什麼會有老師把這種工作託付給傑克森·賈克柏？

傑克森拿著捲起的地圖，大搖大擺走進來。「嘿，看看這是誰，」他嘲諷的說，「是小胡迪尼！」他望向坐在麥克旁邊的安娜貝爾和蕾西。「你在表演唬人的把戲給女生看，是吧？」安娜貝爾臉一紅，麥克雙手緊握成拳。他不會真的出手打傑克森，可是如果出手了，感覺會很棒吧？

麥克看到傑克森的嘴裡閃著銀光的東西——是牙套！原來他整個早上就是在忙這個嗎？去牙醫那裡矯正牙齒？

坎菲德老師從角落走了過來。「有什麼需要幫忙的嗎？傑克森？」她說。

「德卡米拉先生要我送這個過來，」傑克森說，「家族樹狀圖的資料。」

等她一轉身，傑克森就一臉挑釁的靠近麥克的臉。「我還在等你的……『證據』喔。」他用氣音說。

「放學以後再說。」麥克說。不用特別提地點。不管他在哪裡，傑克森都會找到他。

鐘聲響起以前，麥克坐在班上的電腦前，登入自己的email帳號，屏住呼吸。還是沒有收到奶奶回覆的消息。好吧，麥克想，反正他已經有足夠的證據可以挫挫傑克森的銳氣。

第八章

面對傑克森

麥克離開學校時，最後幾個孩子正魚貫走進最後一班校車，傑克森正在籃球場上激烈的運球，但他一看到麥克，就立刻把球塞進籃框。

傑克森大步走到麥克面前。「東西帶了嗎？」他凶巴巴的說。

麥克用力嚥嚥口水。傑克森向來是個惡霸，很煩人。但也許是因為麥克害他進了校長辦公室，傑克森的表情就跟得了狂犬病的狗一樣，而他的牙套看起來尖銳又有威脅感。

你辨得到的，麥克告訴自己，快點開始。

麥克打開購物袋，拿出帽子。「這是我的魔術帽，」他告訴傑克森，「是我的家族一代一代傳下來的。」差不多啦，他想。

麥克小心蓋住祕密口袋，讓傑克森看那個標籤。

「是E.W.，看到了吧？」麥克說，「這是艾瑞克．威茲的縮寫，是胡迪尼改名以前的真名。」

「所以呢？」傑克森說。

「所以，」麥克回答，「那頂帽子屬於哈利．胡迪尼。他先把帽子傳給某個親戚，然後又傳下來給我。」

「嗯，OK。」傑克森說，聽起來並不信服。

「而且不只有這個。」麥克說下去。

接著拿出從白兔借來的魔術史書，翻到照片那邊，把書往上抬得老高，擺在傑克森眼前。

「看到那張照片了嗎？」麥克說，他事先用便利貼標示出來，「那個人就是胡迪尼，你看到他身邊的東西了嗎？」他停頓一下，好讓訊息沉澱下來，「那個就是我這頂帽子。」

「這跟我看過的魔術帽都一樣啊。」傑克森說。他聳聳肩，把帽子推回給麥克。

「哪有！」麥克說，「看到帽子斜一邊的樣子了嗎？那個絕對是我這頂。我就是這樣知道胡迪尼是我們家族的人，一定是。」

傑克森瞇眼看著麥克。

「真的假的？」傑克森說，「你在開玩笑吧？這就是你的證據？你比我想的還笨嘛。」

麥克覺得自己的臉燙燙的，也感覺到幾滴眼淚的刺痛感，可是他咬著舌頭，硬是忍住。沒有任何事情比在傑克森的面前哭還糟糕。

為什麼傑克森看不出來？對麥克來說，這個連結再清楚也不過了。

有那麼多巧合，麥克想，他應該試著解釋給傑克森聽嗎？

哲林先生的身影浮現在麥克的腦海裡，如果是哲林先生，他會怎麼說？麥克還來不及把話嚥下，那些字句已經自然脫口而出：「你

魔術的
歷史

要相信。」

聽到那句話，傑克森失去耐性，他說「你一定是在開我玩笑吧！威斯，你根本什麼證據都沒有。只有一頂破帽子，還有一本你讀不懂的厚書。就憑你？跟胡迪尼有親戚關係？想都別想！」

傑克森把書從麥克的手中打落，麥克正要去撿的時候，傑克森一把搶走那本書。「你曾叔公哈利會逃脫術，是吧？」傑克森說，「現在該換誰逃走了？」傑克森拔腿奔進操場邊緣的樹林，一面大喊：「來追我啊！」

傑克森沒動麥克一根汗毛，但麥克卻覺得自己被痛打一頓。誰曉得傑克森躲在哪啊？他們住同一個社區，所以在任何地方都可能遇到他。該怎麼辦？有沒有人幫麥克拿回書啊？

麥克想：換作胡迪尼，他會怎麼做呢？如果是哲林先生，他又會怎麼做呢？

麥克把書弄丟了，哲林先生會怎麼說？

麥克拿起購物袋，背起背包，拖著腳步，慢慢穿越過操場。這真是一場災難。奶奶為什麼不能一口氣把事情講清楚？他之前為什麼要對傑克森吹噓？哲林先生為什麼敢借他書？哲林先生難道不知道麥克是什麼樣的人嗎？麥克老是掉東掉西，你甚至可以叫他「丟丟人」（註）。

註：原文 Loser 表面意思是丟掉東西的人，這裡真正的意思是「失敗者」。

所以，現在該怎麼辦呢？

如果麥克沒把書歸還回去，哲林先生可能不會再教他別的魔術戲法了。

要是沒了魔術，麥克在學校就「真的需要重新建立名聲」了。

麥克踢著步道上的碎石，他明天早上絕對不可能再回學校。從現在開始，他每一天都得用那個牛奶加柳橙汁的花招假裝生病，直到學年結束。諾拉會幫忙帶功課到他家給他，也許他可以改成在家自學，這樣就永遠不必再見到傑克森。

「麥克？」攀爬架那裡傳來人聲，「你還好嗎？」

麥克定住不動。是傑克森嗎？不，原來是諾拉在攀爬架上讀書。

「你在幹麼？」麥克問。

「等著走路回家啊。」她說，彷彿這件事再明顯也不過。不過她顯然是在說謊，她一定一直守在他身旁，所以還在這裡等著。天啊，她真的在守護他。

「不是很順利，」麥克輕描淡寫的說，「你剛剛看到了嗎？」

「嗯。」她說。

「傑克森不相信我，還把我的書拿走，」麥克告訴她，聲音有點抖，「我是說，那本哲林先生的書。」

即使身上有胡迪尼的基因，麥克還是不知道現在該怎麼辦。靠魔術戲法又不能把書拿回來。萬一他身上根本沒有胡迪尼的基因呢？要是他家族樹狀圖跟其他人一樣，無趣又普通呢？

「所以你打算怎麼辦？」諾拉問。即使諾拉是一片好意，麥克還是覺得心煩。

「你告訴我啊。」他說。想從四年級輟學的事，他說不出口。

「我們可以去白兔那裡啊。」她提。

「絕對不行！」麥克說，「幹麼去？」這樣哲林先生就會看出麥克的真面目——就是不管走到哪裡，都會捅出簍子的那個麥克。

「哲林先生在等你，」諾拉強調，就像大人會做的那樣，「你必須跟他說明事情的經過。」

麥克不想去，可是她說得對。

不過，有些很實際的問題要先解決，比方說他們要怎麼過去？他爸媽不會載他過去，即使他請喝冰沙來籠絡他們。他們會說他可以自己過去。可是諾拉怎麼辦？他總不能把她丟在家裡給他媽媽吧。

諾拉不是魔術師，可是依然可以讀懂麥克的心思，至少可以讀懂他的表情。

「也許你有更好的點子，」她說，「不過我想我可以騎自己的腳踏車過去。」

「身為諾拉」真好，麥克想，她不需要努力爭取特別待遇，就能直接得到。諾拉的爸媽對有些事情真的很嚴格。

「他們當然可以放心讓我跟朋友一起騎腳踏車到市區，」諾拉說

歡迎光臨
白兔商店
營業中

得好像是很簡單的事一樣，「有什麼不行的？」

她為什麼不早點告訴他？麥克想。

他們打電話給芬恩太太，確認她同意。

「只要記住：一定要戴安全帽，也要遵守交通規則。」她叮嚀諾拉。

騎腳踏車的那幾分鐘，麥克頓時忘了傑克森。他跟諾拉沿著小路快騎，練習甩尾，直到在路面上留下黑色輪胎痕跡。不過，當他們把車停在魔術店前面時，他的怒火才又熊熊燃起。

哲林先生放心的把祕密託付給麥克，也放心把書借給麥克，可是，現在他怎麼會再放心將任何東西交給麥克呢？

「是要相信什麼？」看到店面前方的踏墊時，麥克生氣的想。他已經知道自己永遠不會再看到那本書了，可能也當不成魔術師了，而這些全是傑克森的錯。

他在踏墊上蹭一蹭雙腳，垂著腦袋穿過門口。

第九章

胡迪尼的幫忙

麥克推開白兔的店門，這也許是最後一次了。

卡洛斯正在櫃臺後面拋耍小球。麥克很不想打擾卡洛斯，可是他急著完成這件事。「哲林先生呢？」他問卡洛斯，「我需要找他談談。」

卡洛斯從空中接住那些球，然後回答：「他跟坎姆在一起，他們正在練習。」

「他們打算表演新戲法嗎？」麥克興奮的問。

「我想應該是吧，」卡洛斯說，「可是我不清楚，跟我來吧——他們在地下室。」麥克和諾拉尾隨他走下樓。

麥克以前看過卡洛斯跟其他青少年從地下室走出來，可是他從來沒下去過。他想像裡頭烏漆抹黑，堆了很多箱子，也許是他們的辦公室。走下樓梯，麥克才發現自己之前完全設想錯誤。

那裡有一排又一排的軟椅子，像電影院那樣。前頭有個舞臺，掛著厚重的紅簾，還設有亮晃晃的照明，還有一點靜電的聲音透過擴音器傳來——哲林先生待在這一堆東西的中央。

哲林先生在店裡頭結帳的時候，看起來滿奇怪的。他總是頂著一頭狂亂的頭髮，講話的方式很神祕，彷彿無法融入尋常的世界。

不過，在地下室的舞臺上，他看起來如魚得水，笑容燦爛得簡直可以照亮整個地下室。

舞臺上有個高高的木櫃，就放在哲林先生身邊。他打開木櫃，用手比畫，彷彿眼前已經有觀眾似的。也許他正在決定以後演出時，自己要站在哪裡，又該做什麼。雖然哲林先生什麼都沒說，可是麥克可以從他的動作看出，他正在向假想的觀眾展示櫃子是空的。

哲林先生關上櫃子，用銀色鑰匙鎖上，然後轉向空椅子，彷彿要跟觀眾說別的事。接著又轉頭回來，把鑰匙插進鎖孔，再次打開櫃子。

裡面不再是空的，坎姆正站在裡面！

「所以，當初坎姆為什麼不再參加哲林先生的演出？」諾拉低聲問卡洛斯。

卡洛斯聳聳肩。「創作理念差異之類的，不過現在他們又開始一起設計新演出了！我等不及要看他們想出來的東西了。」

麥克喉嚨卡卡的，他用力吞口水。他也等不及要看表演，可是他看得到嗎？

舞台燈光熄滅，普通的地下室舊燈泡隨之亮起。麥克站在原地眨眼睛的時候，哲林先生說：「麥克！」魔術師走過來打招呼，並且問他：「你覺得怎樣？」

「很……很棒，」麥克支支吾吾，「我等不及要看整場秀。」

「先別急。」哲林先生說。

不管這句話是什麼意思，麥克可以感覺到諾拉的目光，催促他說出書被拿走的事。

「哲林先生，」麥克盡可能鼓起勇氣說，「我有件事要跟你說。雖然我平常是犯錯出了名的，可是我剛剛又犯了一個大錯。」

「不管是誰都會犯錯，」哲林先生說，「繼續說。」

於是麥克說下去了。「記得你借我的那本書嗎？」他繼續說，「真的非常感謝你能借我書。我把它帶去學校，給其他孩子看看關於以前魔術師的事情。」

他沒跟哲林先生說他家族跟胡迪尼的關連——當初就是因為拿這件事來吹噓，才會把事情弄成這樣。

哲林先生等著他講重點。

「我以為別人會覺得很酷。可是我拿給某個人看——那個小孩滿惡劣的，他拿了書就跑。現在，我不知道書在哪裡，也不知道什麼時候才能拿回來還。」

麥克哽咽著把最後一部分講出口，盯著自己的鞋子看。

「會出現的，」哲林先生說，「等著看吧。」

這是哲林先生頭一次講起話來像麥克的爸媽。

哲林先生知不知道這件事有多嚴重啊？

「你不認識傑克森這個人，」諾拉說，「他很惡劣。」

「可是我認識麥克啊，」哲林先生說，「他會找到辦法的。」

麥克抬起頭來，想著哲林先生的話，哲林先生在生氣嗎？還是沒有？麥克能不能再到店裡來呢？

哲林先生面帶笑容，「你記得哈利．胡迪尼吧？」他問麥克。

「當然記得，」麥克說，「他的事情我都知道！」

「胡迪尼可能有答案喔。」哲林先生提議。

「可是怎麼……」諾拉開口。

坎姆的聲音打了岔。「我們再從頭開始吧！」燈光再次暗下時，坎姆從房間對面呼喚。

「什麼？」諾拉吞吞吐吐，「我聽不懂！」

諾拉很聰明，可是她的思考方式不像魔術師。

麥克認為自己了解哲林先生的意思。麥克想，也許自己知道怎麼把書從傑克森那裡拿回來。

回到麥克的家裡，諾拉依然試著要弄清楚哲林先生的話。「不管誰都會犯錯？」諾拉說，「那是好事還是壞事？」

麥克振奮起來。「我知道他的意思是不要緊，」麥克說，「他認為我可以想出解決辦法！」

「胡迪尼怎麼會有答案？」諾拉發牢騷，「他都過世快超過一百年了！」

「也許胡迪尼做過我們可以模仿的事情，」麥克解釋，「或是說過我們可以對傑克森講的話。」

「可惜我們手上沒有那本介紹胡迪尼的書，」諾拉說，「不然就能找到答案了，對吧？」

嗯，是啊。可是麥克還有更好的東西——《祕密之書》。他說：

「可是還有《祕密之書》呀。」

諾拉眼睛一亮，「你真是天才！」她說——來自諾拉的讚美還滿有分量的。

麥克拿出《祕密之書》，就像以往那樣閉起眼睛，然後隨意翻開書。可是他非常確定這不是隨機的翻閱，因為他一睜開眼睛，看到的就是那個叫「大逃脫」的戲法。

標題底下的描述寫著：「依循哈利胡迪尼傳統，簡單但戲劇性的幻術。」

是巧合嗎？也許吧。又或者是魔法在他最需要的時候發生了。

2.

準備要表演的時候，請兩個觀眾或助手協助舉高遮簾，並請要他們面向觀眾席。他們可能必須站在椅子上或踩在箱子上，確保你的肩膀不會露出來。

注意：你也可以站在一個螢幕後方，這樣你只需要請一個觀眾幫你綁繩子。

3.

為了逃脫，你必須用單手朝同一個方向推擠或滑動桿子，同時用另一手拉扯桿子，讓桿子一路穿過綁繩的環圈。當你可以用整隻手抓住桿子的時候，就可以直接把桿子拉出來，然後鬆手讓桿子掉落在地上。

雖然繩子還纏繞在你手腕上……可是你已經重獲自由！

大逃脫魔術

為了表演這項特技，你需要幾位觀眾在你肩膀上橫放一根掃把桿或是相似的桿子。
你必須張開手臂，跟桿子平行。這根桿子的長度和你的雙手展開一樣長或超過你雙手的長度。請觀眾使用粗繩子，將你兩邊手腕各綁在掃把桿上。你也許會覺得不舒服，可是這感覺只會持續一下子。

「要是我們用胡迪尼的戲法來說服傑克森，讓他知道我跟胡迪尼有親戚關係呢？」麥克說。

「這樣他就會把書還你嗎？」諾拉問他。

「我想我們應該試試看。」麥克決定。

他打開檯燈，仔細閱讀指示。為了這項特技，他們會需要一根長桿子——像是掃把桿——還有幾條粗繩，加上一面遮簾，以及幾個願意把遮簾舉高並掩住他的人。

「我可以幫忙，」諾拉說，「我們也問問亞當吧？」

掃把桿會放在麥克的肩膀上，他必須把手臂張開，讓某個人用繩子把桿子綁在他的手腕上。「觀眾眼裡只會注意到這個站姿看起來很可怕，」書上說，「可是其實這個逃脫戲法只是把桿子推過繩子的環圈就完成了。」

「舉著簾子的人會知道發生什麼事，因為他們看得到。不過，對觀眾來說，魔術師在幾秒鐘之內完成了一場危險的壯舉。」《祕密之書》上面這樣寫著。

麥克繼續讀下去，「你的搭檔必須好好守護你的祕密。這個表演的成敗有一部分仰賴與你共享祕密的人。」

麥克覺得沒有問題，他有構想、有提示、還有可以讓他成功完成表演的搭檔，現在他只需要「相信」。

第十章

大逃脫

隔天早上，麥克跟諾拉帶了一堆東西去學校。

諾拉把雙人加大的床單塞進背包，作為表演用的簾子。麥克從家裡的車庫拿了根掃把，取下毛刷。他們各自帶了午餐餐盒跟背包。為了讓表演一切順利，麥克還戴上魔術帽。

他們搖搖晃晃走在街道上、繞過街角，什麼都無法打壞麥克的心情。他之前耍過傑克森，這回可以再耍他一次！他不停跟自己說，他一定辦得到的！

他們趕在鐘聲響起前走進學校。

一下課，麥克走出教室，就看到鞦韆那裡有活動。一群孩子緊緊圍著另一個男生。他比其他人高，頭上頂著黑帽、手上揮著魔術棒。

如果不清楚狀況，可能會以為那是麥克，但那個人一臉凶惡、虎背熊腰——今天早上學校來了個新魔術師——原來是傑克森・賈克柏。

「阿布拉卡達布拉！」傑克森對旁觀的孩子們大聲嚷嚷：「阿拉卡贊！」他摘下帽子，伸手到裡頭拿東西。也許是一隻兔子，麥克想，或者是一朵花。

但傑克森拉出一顆松果時，所有的小鬼都笑了——那是從樹上掉進帽子裡的嗎？

「這不是魔術！」有人喊道。

傑克森不理會那些干擾，「挑一張牌，哪張都可以。」他叫一個二年級生照他的話做，並將一副牌朝他推去。傑克森說：「現在，不用告訴我是什麼牌。」他參考了一下小抄。「嗯……我是說，跟我說是哪張牌沒關係。」接著他不小心弄掉了那副牌，紙牌灑得到處都是。當他撿起紙牌的時候，露出難過的神情，「我們再試一次。」他說。

麥克很討厭把魔術戲法搞砸的感覺，他很好奇傑克森會不會也覺得很困擾。

「他不知道自己在幹麼！」麥克聽到一個小孩低語。

「他以為他是誰啊？」那個孩子的朋友接著回應，「是哈利·胡迪尼嗎？」

「他想學你。」諾拉對麥克說。

奇怪的是，麥克甚至不知道該怎麼回應。傑克斯的魔術戲法是去哪裡學的？

傑克森瞥見麥克跟諾拉時，就立刻朝他們衝過來。「你的書爛透了！」他告訴麥克，「裡面根本沒有魔術戲法！我還得上網去查！」

麥克聳聳肩。「我不需要書給我指示，」麥克說，「也不需要上網查。」他高傲的對傑克森說，就像傑克森向來對他的那樣。「而且，你跟胡迪尼之間沒有關係。」

「你也沒有啊。」傑克森嘲笑並且反嗆

這番話正中麥克的下懷。「好吧，」麥克回答，「那我要怎樣才能徹底說服你呢？我來表演他的戲法如何？那是從家族傳承下來的。」

傑克森興致勃勃。「胡迪尼的其中一個逃脫術？好啊，我想看看。最好你隨時都能上場啦。」他放聲狂笑。

「如果我表演了逃脫術，你就得把書還我。」麥克補充。

傑克森翻翻白眼。「隨便，反正那本書又沒用。」

麥克為了掩住笑容，假裝咳嗽。「放學後來這裡跟我碰面，」他說，「自己親眼瞧瞧。」他轉身跟著諾拉走向學校前門。

那天在學校上課期間，麥克不是很專心，他分神到了一個境界，坎菲德老師還問他需不需要去找護士。

麥克沒去找護士，而是躲在教師專用的樓梯間。他打開背包，拿出魔術帽，也許這頂帽子曾經屬於胡迪尼，也許不是——雖然麥克實在很不想承認。

所以要是這頂帽子並不是傳家之寶呢？

要是胡迪尼並不是改變他名聲的關鍵呢？其他的小孩真的很喜

歡他的魔術戲法，現在連傑克森都想變魔術了！也許只要好好努力一段時間，他再表演更多魔術戲法，就可以改變自己的名聲。

「覺得好點了嗎？」他回教室時，坎菲德老師問。

「好多了，」麥克說，「謝謝。」

那天下午模模糊糊的過去了，不過麥克在聯絡簿裡記下一件事：「家族樹圖作業繳交明天截止。」他還是不確定該怎麼處理。難道要等到奶奶郵輪之旅結束才補交嗎？

鐘聲一響，麥克往外衝到操場跟諾拉會合。她跟亞當已經站在柏油路上等麥克了。

傑克森抵達的時候，由麥克出面指揮。「今天下午，傑克森，我會嘗試表演大家從未見識過、最偉大的脫逃術。」麥克宣布。「不是讓胡迪尼成名的那個脫逃術，」他強調：「而是他小時候在家族聚會做過的。」

傑克森叉著手臂，站在原地，他看不出麥克在吹牛；同時還有一群孩子聚集起來旁觀。

麥克把掃把桿遞給諾拉。他轉身背對傑克森，將手臂大大展開，跟地面平行。「諾拉，你可以把掃把桿綁在我的手腕上嗎？」她舉高桿子，橫跨他的肩膀，然後從口袋裡拿出兩段粗繩。

「等等，麥克，」傑克森低吼，「她知道這個戲法，對吧？我想我要親手替你綁。」

「可以啊，」麥克說，「什麼束縛我都掙脫得開。」束縛就是繩結或其他拘束用具——胡迪尼總是在表演中使用這個字眼。

綁好麥克之後，傑克森繞著他走一圈。「看起來不錯，」傑克森說，「真不錯。」

其實像這樣站在這裡，還滿不舒服的，但麥克不會讓任何人知道這種感覺。「準備要看我掙脫了嗎？」他問。

「嗯，」傑克森咕噥，「我敢說，你到下星期還會站在這裡。」

「一分鐘之內，」麥克預言，「我就會從布簾的另一邊走出來。」

諾拉從體育館「偷渡」兩張折椅出來，各放一張椅子在麥克的兩邊，然後她跟亞當站在椅子上，在麥克前方拉起布簾。從傑克森

站的地方望過去，是看不見麥克的。

傑克森開始數算，彷彿在追蹤秒數般。「一……二……三……」單獨站在布簾後面，麥克感覺一股驚慌湧來。他跟諾拉賣力練習過，但要是不成功呢？他深吸一口氣，讓鎮定下來，接著用手指推啊推，把桿子推過繩子的環圈。傑克森將繩子纏得很緊，可是掃把桿子依然輕而易舉就滑開了。

「十……十一……十二……」傑克森數著。

當麥克推開桿子，就用單手抓住它，結束脫逃表演。繩子依然纏在手腕上，可是他已經重獲自由！如果麥克有個不錯的魔術咒語，現在就會說出口。不過，就在傑克森數到十五時，麥克就用桿

子把布簾敲落，站在原地，跟長劍一樣握著桿子。

諾拉跟亞當裝得好像摸不著頭腦。「自由了！」麥克喊道，「我自由了！」他大大鬆了一口氣，一時忘記他原本就很清楚知道這個戲法會成功。胡迪尼也會有那種感覺嗎？他納悶。

這群孩子開始鼓掌。

「就像胡迪尼，」麥克告訴傑克森，「肯定的。」

「最好是。」傑克森諷刺的說。他總是說這種話。

一時片刻，麥克擔心起來。傑克森的反應就跟平日一樣，要是他還是不相信呢？

麥克還是不知道該說什麼，於是要求對方履行協議。「好了，你該把那本書拿來給我了吧。」

傑克森把書往麥克的胸口推去，彷彿沒什麼大不了。可是麥克注意到，傑克森什麼也不看，就快步離開操場。這次的表演對麥克來說絕對是大事。

麥克沒把那本書塞進背包，以免自己弄壞它。他用床單包好書，抱在懷裡。他跟諾拉要搭車回家，所以不用拿太久。

麥克已經在思考要怎麼到白兔商店，把書歸還給哲林先生，然後詢問更多關於他跟坎姆新演出的事，讓一切都回復原狀。

結果他上車後才發現，在他表演大逃脫的時候，媽媽的車就停在操場附近。「剛剛那邊是怎麼回事？」她問，「看起來是某種表演？」媽媽那天早上很早出門，沒看到麥克帶了什麼東西出門。

「只是三年級的作業。」諾拉趕緊說。麥克的媽媽可不會希望麥克在學校變魔術。

交通號誌變紅的時候，媽媽遞了一個東西到後座給麥克。「今天才寄到的，」她對麥克說，「奶奶從牙買加寄給你的明信片！」

牙買加是加勒比亞海中的島嶼，是奶奶郵輪之旅的其中一站。

家族樹狀圖作業明天截止，麥克還有工作要做。

麥克的奶奶字跡又小又整齊，所以一張明信片就可以寫很多內容，上頭寫著……

親愛的麥克，

我跟卡蘿談過了，你一定不會相信她跟我說了什麼！

就像我告訴你的，我爺爺年輕的時候改過名字，結果他有個哥哥也改了名字。

我爺爺傑若米．威茲變成西奧．哈丁，他哥哥艾瑞克．威茲改名成哈利．胡迪尼。

他們一起經營一家魔術店──馬汀卡，他們也到世界各地表演。

可是因為胡迪尼很年輕就過世了，而我幾乎不認識我爺爺，所以我一直不知道我們家族樹狀圖的這個分支！

等我回家，我會跟你講更多的故事！明信片的空間不夠了……

給你擁抱跟親吻，

奶奶

註：等著看你的T恤吧！

麥克的心跳加快，就像他在體育課時很賣力打球那樣。是真的耶，他跟胡迪尼有關連！這將會改變一切。

「媽，你讀了奶奶寫的內容了嗎？」他問媽媽。

「沒有耶，」媽媽承認，「今天好忙，她的旅程如何？有什麼好消息嗎？」

嗯，反正這項資訊也不會影響媽媽。

麥克把明信片傳給諾拉，她讀明信片的時候，他望著窗外。這個消息也不會影響諾拉的態度，因為她一直以來都相信著他。

接著麥克想到某件瘋狂的事：不過，要是這項消息什麼事都改變不了呢？

學校的孩子們已經認為他跟胡迪尼有關了。他已經向所有人——以及傑克森——證明這點了，對吧？他還需要多說什麼呢？哲林先生認為他有魔法，不管跟胡迪尼有沒有關係。坎菲德老師並不在意他的家族樹狀圖有誰，她只當成一項作業。

所以，還剩下誰呢？麥克想著。他還需要告訴誰嗎？是他自己嗎？

他自己——這個點子還不賴。也許真正在意這件事的只有他，唯一一個可以在這個連結裡找到新力量的人。

胡迪尼是世上最偉大的魔術師，而麥克有他的一部分DNA，對吧？所以，他要怎麼讓家族傳統延續下去呢？

諾拉讀完了明信片，面帶笑容看向麥克，對他豎起大拇指。

麥克舉起一隻手，彷彿許下承諾。他要成為社區裡、整個四年級同學中，甚至是他的學校裡，最了不起的魔術師！

嘿，他總得從某個地方開始吧。

魔術專賣店3
大逃脫

作者｜凱特・依根＆魔術師麥克・連
插圖｜艾瑞克・懷特
譯者｜謝靜雯

責任編輯｜楊琇珊
封面設計｜蕭雅慧
電腦排版｜中原造像股份有限公司
行銷企劃｜高嘉吟

發行人｜殷允芃
創辦人兼執行長｜何琦瑜
總經理｜王玉鳳
副總監｜張文婷
版權專員｜何晨瑋

出版者｜親子天下股份有限公司
地址｜台北市104建國北路一段96號11樓
電話｜（02）2509-2800　傳真｜（02）2509-2462
網址｜www.parenting.com.tw
讀者服務專線｜（02）2662-0332 週一～週五：09:00~17:30
讀者服務傳真｜（02）2662-6048
客服信箱｜bill@service.cw.com.tw
法律顧問｜瀛睿兩岸暨創新顧問公司
總經銷｜大和圖書有限公司　電話：（02）8990-2588

出版日期｜2018年8月第一版第一次印行
定　　價｜280元
書　　號｜BKKCJ055P
ISBN｜978-957-503-005-6（平裝）

訂購服務

親子天下 Shopping｜shopping.parenting.com.tw
海外・大量訂購｜parenting@service.cw.com.tw
書香花園｜台北市建國北路二段6巷11號　電話（02）2506-1635
劃撥帳號｜50331356 親子天下股份有限公司

親子天下 Education・Parenting Family Lifestyle
www.parenting.com.tw

國家圖書館出版品預行編目(CIP)資料

大逃脫 / 凱特. 依根 (Kate Egan)、麥克. 連 (Mike Lane) 作 ; 艾瑞克. 懷特 (Eric Wight) 插圖 ; 謝靜雯譯. -- 第一版. -- 臺北市 : 親子天下, 2018.08
176面 ;17x21公分. -- (樂讀456 ; 55)(魔術專賣店 ; 3)
注音版
譯自 : The great escape
ISBN 978-957-503-005-6(平裝)

874.59　　107012192